《昭明文選》分三體七十五類說

李 立 信 著

文 史 哲 學 集 成
文史哲出版社印行

國家圖書館出版品預行編目資料

《昭明文選》分三體七十五類說 / 李立信
著. -- 初版 -- 臺北市：文史哲, 民 106.01
　頁；公分（文史哲學及成；695）
ISBN 978-986-314-349-9（平裝）

1. 昭明文選　2.研究考訂

830.18　　　　　　　　　106000936

文史哲學集成　695

《昭明文選》分三體
七十五類說

著　　者：李　　　立　　　信
出 版 者：文　史　哲　出　版　社
　　　　　http://www.lapen.com.tw
　　　　　e-mail：lapen@ms74.hinet.net
登記證字號：行政院新聞局版臺業字五三三七號
發 行 人：彭　　　正　　　雄
發 行 所：文　史　哲　出　版　社
印 刷 者：文　史　哲　出　版　社
臺北市羅斯福路一段七十二巷四號
郵政劃撥帳號：一六一八○一七五
電話886-2-23511028 ・ 傳真886-2-23965656

定價新臺幣二六○元

2017 年（民一○六）一月初版

ISBN 978-986-314-349-9　　　00695

《昭明文選》分三體七十五類說

目　次

序

從大學接觸到《昭明文選》開始，我就無法接受三十八體的說法。當時只覺得不應該有那麼多種「文體」，文體不就只有詩、賦、古文、駢文……等幾種嗎？怎麼會有三十八種呢？它完全超出了我的認知範疇。但當時又沒有能力去談這個問題，只好存而不論了。沒想到一存就存了幾十年，幾乎已經忘了。近幾年有機緣再細讀《文選》，當年對三十八體不滿的念頭又再度浮現，而且不斷發酵，一發不可收拾。

以往上昌瑞卿老師版本學、目錄學的課，養成了一個習慣：治學過程遇到困難，一定先從版本、目錄下手。所以，將《文選》的各種版本了解清楚以後，選定了白文本、李善注本和五臣注本，尤其是各本的目錄，作了詳細的比對。積鬱在心裏幾十年的問題，似乎出現了一絲解決的曙光。

除了從版本、目錄著手外，對《文選》當時編

纂的背景；以及昭明太子編纂《文選》的企圖等；也都作了相當程度的探討；而古今學者對《文選》之研究與評論，當然更是不可不讀。很幸運的，終於可以撥雲見日了，至少對自己有了交代。

自 2010 年起，本人先後發表了五篇反對三十九體（宋人提出三十七體說、清末黃季剛提出三十八體說、二十年前彰師大游喚教授提出三十九體說，至今三十九體已廣為學界接受）說的論文，主要是回歸《文選・序》的體、類說。序中談到該書之編排體例，明確的講到「體既不一，又以類分」。所以《文選》編排的體例，很明顯是先分「文體」，各文體下再分不同的「文類」。但傳統舊說只提到「文體」，完全不提「文類」，甚至將許多「文類」誤認為是「文體」。本文列舉了很多理由糾正舊說之錯誤。我深信本文提出的「三體七十五類」說，比傳統的三十九體說更合情合理，更符合昭明太子編纂《文選》時的初衷。本人以往力主「三體七十六類」說，但因「七」的問題尚未解決，所以修正為「三體七十五類」說。

本文撰寫期間，獲香港政府教育資助局的經費支助，謹此致謝。

李立信 2016 年 10 月

第一章 緒 論

　　《昭明文選》是我國現存最早的一種文學性的綜合選本，收錄的作品自先秦到南朝梁武帝時期，這個時間，許多優秀的作品幸賴《昭明文選》之收錄，而得以流傳至今。

　　《文選》成書後，經歷了陳、隋，到了唐朝，已成為科舉考試必考的科目。政府選拔人才，當然希望考生能熟讀古今名作，打下良好基礎；儘管初唐時人，是極度輕蔑六朝文學的，但此時除了《昭明文選》所收作品，能涵蓋古今的名作之外，唐人這時還未編出任何一本能包括古今名作的選本，所以只能鼓勵考生讀《昭明文選》。既然科舉要考《文選》，一般讀書人自然人手一冊，奉為「聖經」。所以在唐代有「文選爛，秀才半」的諺語，一般讀書人不敢對《文選》有任何批評。

　　在這種情況下，從盛唐初到中唐間，連續出現了兩種《昭明文選》的重要注本，一是李善注，另

一是五臣注。這兩個注本,加上李善的老師曹憲的
《文選音義》。這些著作,在唐代已顯然形成了「文
選學」的雛型。

　　唐代在《昭明文選》的注釋方面,的確有極大
的貢獻。但這時,學者的注意力似乎完全集中在注
釋方面。可惜這時唐代還沒有印刷術,從六朝以來
的《昭明文選》白文本、李善注本、五臣注本等的
流傳都全靠手抄,而手抄本向來都是最容易出問題
的;偏偏這個時候,所有科舉學子都必須讀《昭明
文選》,當時手抄本之多是可想而知的。再加上在
傳抄的過程,很明顯的出現了不少錯誤。不管是《文
選》本身的錯誤,還是後人造成的錯誤,唐人對《文
選》有高度的包容力。似乎很少看到唐人對《文選》
有不滿與批評;即使李善在注《文選》的過程中,
發現《文選》有不少疏失,但也只輕輕點出,從來
不會說一句重話。

　　到了宋朝,理學興起。對古作、古人勇於批評,
其中批評火力最猛的是蘇東坡。東坡是宋代詩、文
大家,他的批評影響頗為深遠,他在〈評文選〉一
文中云:

　　　舟中讀《文選》,恨其編次無法,去取

失當。齊梁文章衰陋，而蕭統尤為卑弱，〈文選引〉斯可見矣……。[1]

　　他不僅對《文選》的編次體例，十分不滿，對書中所選作品，也不無可議。尤其是蕭統為《文選》所做的序，被視為「卑弱」的證明。[2]被唐代讀書人奉為「聖經」的《昭明文選》，在東坡眼裡，居然「編次無法，去取失當」，一無是處。只所謂「編次無法」，當然是指全書體例雜亂無秩。至於「去取失當」則是指所選作品有應選而未選者，亦有不應入選而選入者。對於一本綜合性的文學選集，這是極為嚴厲的批評。如果《文選》沒有嚴重的缺失，尤其是體例上的缺失，東坡絕對不會用這麼嚴厲的口氣；如果在選文上沒有嚴重的缺失，當然也不至被評為「去取失當」。他對《文選》和蕭統的批評，還不止於此。在〈答劉沔都曹書〉中，對《文選》和蕭統，也毫不留一點情面：

　　……梁蕭統集《文選》，世以為工。以軾觀之，拙於文而陋於識者，莫若統也。[3]

1　宋・蘇軾：《東坡全集》卷九十二。文淵閣四庫全書本。
2　蘇軾的祖父名蘇序，蘇軾為避祖諱，因以「引」代「序」，所以，文中所謂之〈文選引〉，其實就是〈文選序〉。
3　宋・蘇軾：《東坡全集》卷七十六。文淵閣四庫全書本。

蘇軾是文壇泰斗，他這番話，在當時也引起了不小的回響。和東坡同時而稍晚的呂南公，也認為：

蕭統所集，繆多而是少。[4]

洪興祖在《楚辭補注‧漁父章句第七》中，對蕭統也有很不留情面的批評，語氣一如蘇軾：

《藝文志》云：「屈原賦二十五篇」。然則自〈騷經〉至〈漁父〉，皆賦也。後之作者，苟得其一體，可以名家矣。而梁蕭統作《文選》，自〈騷經〉、〈卜居〉、〈漁父〉之外，〈九歌〉去其五；〈九章〉去其八。然司馬相如〈大人賦〉，率用〈遠逝〉之語。《史記‧屈原傳》獨載〈懷沙〉之賦。楊雄作〈伴牢愁〉，亦旁〈惜誦〉至〈懷沙〉。統其去取，未必當也。自漢以來，靡麗之賦，勸百而諷一，無復惻隱古詩之義。故子雲有曲終奏雅之譏。而統乃以屈子與後世詞人，同日而論。其識如此，則其聞可知矣。[5]

---

4 宋‧呂南公：《灌園集》卷十二〈復傅濟道書〉。文淵閣四庫全書本。
5 宋‧洪興祖：《楚辭補注》（北京：中華書局，2000 年），頁 181。

對蕭統《文選》於選文之去取，殊表不滿；尤其對蕭統將「勸百諷一」之漢賦，與「咸有惻隱古詩之義」的屈原諸作等同對待，因而懷疑蕭統之識見。

宋末吳子良，亦承前論，於《文選》頗有責難：

> 太史公言，離騷者，遭憂也。離訓遭，騷訓憂。屈原以此命名，其文則賦也。故班固〈藝文志〉有「屈原賦二十五篇」梁昭明集《文選》，不併歸賦門，而別名之曰騷。後人沿襲，皆以騷稱，可謂無義。篇題名義且不知，況文乎？[6]

雖然只淡淡的一句「篇題名義且不知，況文乎」，但吳子良語氣之尖銳，絕不在洪興祖和蘇東坡之下。洪興祖、吳子良等人評《文選》，基本上都是附和東坡的意見[7]，甚至到後來元、明、清諸多

---

6 宋・吳子良：《荊溪林下偶談》卷二。文淵閣四庫全書本。
7 郭寶軍《宋代文選學研究》一書中云：「以蘇軾對蕭統《文選》『編次無法、去取失當』的言論而言，高似孫《緯略》卷十、王阮《義豐集》、王正德《餘師錄》卷四、曾慥《類說》卷九、祝穆《古今事文類聚》別集卷二、劉克莊《後村詩話》卷一、《後村集》卷十七、卷四十五、潘自牧《記纂淵海》卷五十三、《漁隱叢話》前集卷一、章如愚《羣書考索》續集卷十八、馬瑞臨《文獻通考》卷二百四十八諸書，都徵引了蘇軾的言論。」見該書頁362（北京：中國社會科學院出版社，2010年9月）。

學者，也多認同東坡的意見。

明人吳訥於《文章辨體序說》的凡例中，也批評：

> 《文選》編次無序。如第一卷古賦，以兩都為首，而〈離騷〉反置於後[8]。

和東坡的看法是一致的，顯然也認為《文選》全書體例「無序」。清人姚鼐《古文辭類纂·序》云：

> 昭明太子《文選》分體碎雜，其立名多可笑者。後之編集者，或不知其陋而仍之。[9]

清人章學誠《文史通義·詩教篇》謂《昭明文選》：

> ⋯⋯賦先於詩，騷別於賦：賦有問答發端，誤為賦序。前人之議《文選》，其顯然者

---

8 明·吳訥著、于北山校點：《文章辨體序說》（北京：人民文學出版社，1962 年初版），頁 9。
9 清·姚鼐：《古文辭類纂》（台北：廣文書局，1961 年），頁 289。

也……[10]

　　有關賦在詩先的問題，關乎編者個人的識見，雖然也有部份學者為蕭統緩頰[11]，但批評者似乎比緩頰者要多得多。清人孫德謙《六朝麗指》也批評《昭明文選》：

　　　　……所用子目，如賦之曰志、曰情，不免其細已甚。即賦為六義附庸，今先賦後詩，識者譏之是也。[12]

近人姚永樸《文學研究法・門類》中云：

　　　　蓋文有名異而實同者，此種只當括而歸之一類中，如騷、七、難、對問、設論、辭之類，皆詞賦也。……此等昭明皆一一分之，徒亂學者之耳目。[13]

　　以上略舉數例，可見歷來學者對《文選》之批

10　清・章學誠：《文史通義》（上海：商務印書館，1935 年），頁 24。
11　朱熹《晦庵集》卷八十四；張戒《歲寒堂詩話》卷上；唐士耻《靈岩集》卷三；清人余仲林《文選紀聞》卷十九等，均有為《文選》美言。
12　清・孫德謙：《六朝麗指》（台北：新興書局，1963 年），頁 28。
13　姚永樸：《文學研究法》（台北：新文豐出版公司，1979 年），頁 26。

評與不滿，比我們想像中，要嚴重得多。民國以來，批評者更不知凡幾，其中還包括不少日本學者。[14]

綜合以往學者對《文選》之批評，大致都集中在兩方面，即東坡所謂「編次無法」和「去取失當」。至於「賦」、「詩」先後的問題，就不僅只關係到全書體例，它更牽涉到編者個人的識見了。

像《文選》這麼大規模的綜合選本，無論在體例上、作品去取標準等，不可能完全沒有問題。更何況，《文選》編纂時期，印刷術還沒出現，在長時間的傳抄過程中，必然也出現一大堆的問題。甚至即使後來印刷術發明了，不同版本間，也一定會出現許多問題。而前面提到的這些問題，《文選》無一不有。其複雜性可以想見。

有關《文選》的諸多疏失，歷代學者已有專文論及。本文重點不在於探究《文選》的疏失；而是借歷代學者對《文選》的批評、不滿，以確認《文選》在體例編排上，的確是有疏失。而以往的學者，在文選體例編排明顯有疏失的情況下，提出「三十

---

14 我國學者如駱鴻凱、曹通衡、劉盼遂、俞紹初、王曉東及本人均有專文討論；而日本學者如岡村　繁、清水凱夫、海村惟一等人對《文選》亦頗多質疑。

九體」的說法，顯然是值得商榷的。

　　本文的基本構想是，先證明《文選》在體例編排上確有疏失；再探討出關鍵疏失之所在；並針對關鍵疏失確認以往三十九體說之不當；重而提出「三體七十五類」說，以糾正舊說。

　　本人以往曾發表多篇「《昭明文選》分三體七十六類說」，但其中有關「七」的問題，極為複雜。到底《昭明文選》最初定稿時有無收入「七」，因文獻不足，無以考證，是以暫時存而不論。因此將以往的「三體七十六類」修正為「三體七十五類」。

第二章 《昭明文選》重要版本及目錄之比較

　　有關《昭明文選》的版本，傅剛教授早在 2000 年即已出版了《文選版本研究》一書，對《文選》版本作了極詳盡的論述。本文是在傅教授研究的基礎上，對現存各版本目錄作深入的觀察和比對。借以確實掌握《文選》一書的編排體例。

　　綜合傅教授對《文選》版本的整理、研究，目前傳世的版本主要有以下五種：

一、白文古抄本。本來都是三十卷本，惜多為殘卷，但必需保留完整的目錄，始列入討論。最重要的兩個抄本，一為九條家本，另一為著錄於日本古文獻《二中歷、經史歷》所收《文選篇目》（以下簡稱《二中歷、經史歷》本）。

二、李善注六十卷本。

三、五臣注三十卷本。

四、六臣注六十卷本。

五、六家注三十卷本。

但實際上可併為三種：

一、白文古抄本。

二、李善注六十卷本。其後出的六臣注本，係將李善及五臣兩種注本合而為一；而以李善注為底本，增入五臣注，但體例一仍李善注本，所以是六十卷。

三、五臣注三十卷本。其後出的六家注本，係將五臣與李善兩種注本合而為一；而以五臣注為底本，增入李善注，但體例一仍五臣注本，所以是三十卷本。

以下分為白文本，李善本與五臣本，分別就其目錄討論之：

第一節　白文古抄本

抄本幾乎都是流傳在印刷術發明之前，印刷術發明之後，抄本已經成為「古董」了。但是，在校讎學上，它有時又能發揮極大的作用。

　據傅剛《文選版本研究》所蒐得之抄本有五，均為殘本。其中只有日本九條家本二十二卷，頗值得注意。因為其他四種抄本第一卷目錄都沒有保存下來，只有日本九條家本保存了目錄，所以最具參考價值。傅教授於《《文選》版本研究》一書中云：

　　九條本保留了不少三十卷本古貌，如在行款上，它與刻本不同。以第一卷〈兩都賦〉為例。此抄本首行直接〈文選序〉，題文選卷第一，賦甲；次行低前一格；京都上班孟堅兩都賦二首並序，三行低前兩格；張平子，西京賦。這一格式與日抄白文二十卷本同，而與刻本不同。刻本（尤本）作首行；文選卷第一；次行低前兩格；梁昭明太子撰，三行低前一格；文林郎守太子右內率府錄事參軍事，崇賢館直學士臣李善注上；四行低首行一格，賦甲；五行低前一格；京都上；六行低前一格，班孟堅兩都賦二首。[1]

　如果我們照九條家本的體例編排出來，就是：

---

1 傅剛：《文選版本研究》（北京：北京大學出版社，2009 年 9 月），頁 146。

文選序

文選卷第一賦甲

京都上班孟堅兩都賦二首并序

張平子西京賦

　　這個抄本，在體例上似乎頗有條理。《文選‧序》後，接著是從第一格開始「文選卷第一賦甲」七字；次行低前一格。「京都上班孟堅兩都賦二首并序」十三字；三行低前二格「張平子西京賦」六字。第三行比第二行低一格，第二行又比第一行低一格。表面看來，和李善注本似係同一來源，但是九條家本標示文體的「賦」甲，是在第六格。標示文類的「京都」上，是在第二格。標示作品的「班孟堅兩都賦二首並序」是在第五格。而第三行同樣

是標示作品的「張平子西京賦」卻在第三格。但李善注本目錄，文體標示於第一格，且獨佔一行；文類標示於第二格，也獨佔一行；作品標示在第三格，每一位作家的作品都獨佔一行。比九條家本明確得多。「體」、「類」、「作品」一目了然。可見九條家本在抄寫時，抄寫的人顯然並未遵照原版式樣，以至和同一版本來源的李善注本有所不同。

　　李善注本的目錄，有一個非常明確的規則；凡標示卷數，一定獨佔一行，且從第一格開始；凡標示文體（即《文選・序》所謂「凡次文之體，各以彙聚」之「體」），也必定獨佔一行，而且必在第二格的位置；凡標示文類（即《文選・序》所謂「詩賦體既不一，又以類分」的「類」），一定在第三格；凡各類之下所收的作品，一定在第四格。這是一個很明確的規則。令人一目了然。所以，李善注本中，那些是「文體」，那些是「文類」，那些是收錄的作品，在目錄中是分得很清楚的。絕對不會混淆。至少在「賦體」是如此。並將李善注本的目錄編排樣式[2]，抄錄一小部分如下，它和九條家本，有明顯的分別：

_____

2　據《昭明文選》李善注〈文選目錄〉（台北：石門圖書有限公司，1976 年）。

文選目錄　梁昭明太子撰　唐李善注

第一卷
賦甲
京都上
班孟堅兩都賦一首

第二卷
張平子西京賦一首

第三卷
賦乙
京都中
張平子東京賦一首
目錄

第四卷
張平子南都賦一首
左太沖三都賦序一首
左太沖蜀都賦一首

第五卷
賦丙
京都下

　　李善注本的體例是和九條本明顯有別。九條本與李善注本如果是同一個系統的抄本，則抄寫的人必定做了局部的變更；也有可能，二者不是同一個系統的抄本，所以呈現出並不完全相同的面目。而且，也因此讓我們更加確定，無論任何一個系統的古本文選，目錄的編排體例，大體上都相去不遠。基本上都有分體、類及作品，三個部分。而且三者在目錄上所居的位置，都不相同。「類」的位置，比「作品」的位置高一格；而「體」的位置又比「類」的位置高一格。所以在目錄上，體、類、作品呈現

階梯式的排列，這是十分明顯的。

　　至於《二中歷、經史歷》本的目錄，日人十分珍視。日本九州大學的陳翀教授，在其〈蕭統《文選》文體分類及其文體觀考論〉[3]一文的提要中云：

　　　　……日藏古文獻《二中歷、經史歷》記有一份三十卷本《文選》的文體分類以及其各卷帙構成的完整篇目，保留了《文選》編撰初始之舊貌。……

　　日本學者顯然把這份目錄視為「保留了《文選》編撰初始之舊貌」。並根據陳翀教授〈蕭統《文選》文體分類及其文體觀考論〉一文所附的〈二中歷・經史歷〉中的《文選》目錄，轉錄如下：

3　該文發表於「詮釋、比較與建構，中國古代文學理論國際學術研討會」，香港中文大學中國語言及文學系主辦（2010 年 5 月 2-29 日）。

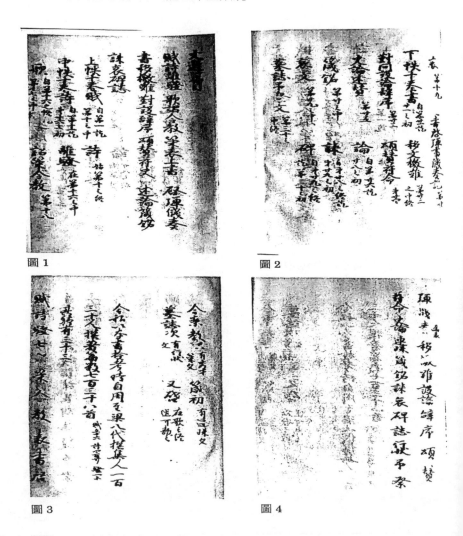

圖 1　　　　　　圖 2

圖 3　　　　　　圖 4

　　如果拿這份目錄和九條家本及李善注本的目錄
加以比較,可知:

一、它和九條家本及李善注本並不是同一系統的抄
本。因為它們不但編排的體例差別很大；而且
這個抄本只有三十三體，而九條家本和李善注
本都有三十七體。

二、它很明顯是一個經抄寫者濃縮過的簡略抄本。
因為：

（一）九條家本及李善注本，所依據的抄本的賦、
詩二「體」之下，都有分很多「類」。如「賦
甲」下有「京都」上、中、下，……，而「詩
甲」下也分「補亡」……等類，各類之下，並
收錄若干作品，但這個目錄只有「賦」、「詩」，
底下看不到任何「類」，更看不到各類之下所
收錄的作品。明顯是抄寫者省略了。

（二）九條家本及李善注本所依據的抄本，都是三
十卷本，而且各卷目錄都詳細列出該卷所收錄
作品的作家及篇名；但這份目錄將三十卷分為
三帙，上帙十卷「賦」，下注明「自第一訖第
十之中」。「詩」下注明「始第十之終」。而
中帙下帙也都只記各體所收作品之起、訖卷
數，至於各卷收了那些作品，完全看不到。這
很明顯是抄寫者以己意省略的一個抄本。

可見這個抄本，和蕭統原先所編纂的《文選》原貌，絕對有很大的距離。

在印刷術還未發明之前，所有的書籍都是靠手抄的。在傳抄的過程中，出現錯誤是難免的。這些錯誤，有可能是無心之失的錯字、脫行；也可能是有意的簡省；甚至有可能是隨己意改動，不依舊本。如李善注本詩體下脫「臨終」類；五臣注本詩體下脫「百一」和「遊仙」二類，顯然是抄寫過程中的無心之失。而日本所藏三十卷古本的目錄，則明顯是有意的簡省，刻意省去了許多篇幅。所以這個抄本，刻意將各體下的「類」和類下的作品全都省略了。基本上是沒有太大的參考價值的。而且它總共只有三十三體，究竟是抄寫者漏抄，還是另有其他原因，已無法一一考知了。

第二節　李善注本與五臣注本

　　根據傅剛先生《文選版本研究》下篇〈文選版本考論〉所得結論，最早的單李善注本，乃北宋國子監本。最早刊刻，當在北宋真宗景德四年（1007）八月詔之館秘閣，在館校理。校勘畢，已付版刻，但未幾，宮城火，李善注《文選》的初版尚未問世，就已付之一炬。還好十幾年後，送三館雕印，到天聖七年（1029）十一月板成，經過兩年的校勘，到天聖九年（1031）進呈仁宗皇帝。一般讀書人，最早也要到天聖九年之後，才可能接觸到雕板刊印的李善注《文選》，即歷來所謂北宋國子監本。

　　李善注本《文選》行世未久，到了北宋元祐九年（1094）就有所謂秀州州學本的《六家注文選》出現。而《六家注文選》是將《五臣注文選》和《李善注文選》，合併而成。以五臣注居前，李善注居後，且依五臣注本為底本，一仍五臣注之體例。可見，在《六家注文選》出現之前，必先有《五臣注文選》。今日所見之《五臣注文選》有多個系統，但已難以一一考出其初刊時日。在《六家注文選》

出現之前，即北宋元祐九年（1094）之前，《五臣注文選》之刊本必然已問世。

　　李善與五臣雖同為盛唐時人，但二者注《文選》時所依據的《文選》抄本顯然有別，從它們目錄上的差異，已經足以說明這一點了。

　　茲將這兩個版本，列表比對如下（請參閱文後所附之《五臣集注文選》及《李善注文選》目錄影本）：

版　　本	《五臣集注文選》陳八郎本	李善注《昭明文選》胡克家影宋本
卷　　數	三十卷	六十卷
目錄標題	重校新雕文選目錄	文選目錄
撰 注 人	無	梁昭明太子撰 唐李善注
卷 數 標示 位 置	依第一卷、第二卷、第三卷順序標示，每卷佔一行，從頂頭第一格位置開始	同左
文 體 標示 位 置	第十卷宋玉〈高唐賦〉、〈神女賦〉、〈登徒子好色賦〉，曹子建〈洛神賦〉後一行，頂頭以小字書一「詩」字；又於第十四卷，「卷」字下兩格，有一小圓圈，圓圈下有大字「詩」。	第一、三、五、七、九、十一、十三、十五、十七、十九卷後，各佔一行，從第二格開始，分別標示賦甲、賦乙……賦癸。第十九、二十一、二十三、二十五、二十七、二十九、三十卷後各佔一行，從第二格開始，分別標示詩甲、詩乙……詩庚，整齊劃一，絕無例外。

文 體 標 示 位 置	在各卷數後一行，頂頭第一格以小字書寫。如第一卷後一行，頂頭小字書「京都上」；第二卷後一行，頂頭小字書「京都中」；第三卷後一行，頂頭小字書「京都下」……。但第七卷、第十卷，分別在同一行，卷數標示下三格，有一小圓圈，圓圈下大字書「物色」和「情」；又第十六卷，同一行卷字下，有一小圓圈，圓圈下書「雜擬」。第十卷前兩行是賦題，第三行開始，不僅文類標示位置不一，而且文體標示位置也不一樣，所以，第三行頂頭有文體標示「詩」，詩下隔四格有一小圓圈，圓圈下為詩體下的第一種文類「補亡」。這是全書目錄中，唯一在一行中既有文體標示，又有文類標示，所以，文類標示的位置至少有三種不同。	在各卷文體標示後一行，從第三格開始，分別標示「京都上」、「京都中」……整齊劃一，絕無例外。

作品名位 篇標示位置	每一卷後一行，如該行已於頂頭有文類標示，則空數格在該行中間的位置，以大字書寫。如卷一後一行，頂頭有「京都上」之文類標示，所以，在該行中間的位置開始，以字書「班孟堅西都賦」；隔一行從第三字開始，書「東都賦」；隔數格與前一行書「班孟堅西都賦」，齊頭書「張平子西都賦」。但第七卷及第十卷之文類「物色」、「情」，都已在前一行已標示，所以，該兩卷之作品即從第七卷、第十卷後一行之第三字開始。每行只記兩首作品，但如作品題目較長，則只記一首。只有第十卷第三行頂頭是文體標示「詩」，中間是文體標示「補亡」，接下去是作品標示「束廣徵補亡詩六首」。所以，作品標示位置至少有三種不同。 每一篇題目下不註明「一首」，只有在二	每一卷文類標示後一行，從第四格開始，是作品題目標示，而且，每一首作品題目都佔一行，長題有佔二行者，而且，每篇題下必寫明「一首」、「二首」……「六首」，有序者，亦於題下註明「并序」。

	首以上才會註明「二首」……「六首」。但有序的作品題下也不註明「并序」。	

　　從上表可以清楚的看到，五臣注本和李善注本，顯然不是出於同一系統。光是目錄的編排，就截然有別。將兩本比對起來看，優劣立現。五臣本的目錄，雜亂無章。同樣是文體，有的用大字標示，有的用小字標示，有的甚至完全不標示；而且標示的位置也不同；文類的標示也一樣雜亂。由於五臣本，無論文體還是文類都標示在同一個位置，自亂陣腳，所以最容易讓人誤解。宋人晁公武〈郡齋讀書志〉是較早提到《文選》分三十七類的。他所依據的，正是五臣注本。[4]但李善注本（同六臣注本）就完全不同了。無論文體、文類或作品，全書目錄標示的位置是完全一致的，即卷數標示必在頂頭第一格；文體標示必在第二格，文類標示必在第三格；作品題目必在第四格。這幾種不同的標示，呈階梯式的分佈，眉目十分清楚，一目了然。

　　前面第一章提到，手抄本傳抄過程，會出現許

4　因為他所列出的類別，「冊秀才文」正是五臣注本的類名；李善注本的類名是「冊」，而非「冊秀才文」。而且文後提到「輯之為三十卷」，就絕不可能據李善注本了。

多錯誤，一是無心之失的漏字、脫行；二是有意減省；三是隨己意改動，不依舊本。而五臣注本的目錄，就是屬於第三種情況，

　　因為無論任何一個系統的《文選》版本，第一種文體是賦，第二種文體是詩，絕無例外。但五臣注本的目錄，從第一卷到第十卷，竟然完全沒有標示「賦」體；而第十卷〈曹子建洛神賦〉之後，卻在第一格的位置，標示了一個小字的「詩」，而「詩」字左邊幾行，以同樣大小的字體，標示出詩體下的類「述德」、「勸勵」、「獻詩」、「公讌」……到了十四卷，卻又在「十四卷」這一行下面標示了一個大字「詩」，詩字上面還加上一個小圓圈；可是到了第十六卷，在「第十六卷」下，卻又標示了「雜擬」兩個大字，位置和第十四卷下所標示的「詩」體是完全一樣的；可是「詩」是「體」，而第十六卷的「雜擬」卻是詩體下的「類」，但在五臣本的目錄中，體和類的位置一樣，字體大小也一樣，使人完全無從分別。所以我們可以很清楚看出來，五臣本目錄「體」和「類」的位置是完全隨意的。這樣一來，就讓我們無所適從了。

　　茲將五臣注本及李善注本之目錄影錄如下：

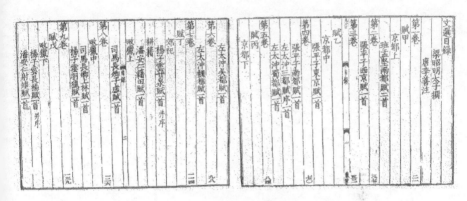

李善本目錄

五臣本目錄

案：李善本的賦甲（文體）、京都上（文類）、班
　孟堅兩都賦二首（作品）三者呈階梯式排列。
　從第一卷賦甲到卷十九賦癸（文體）下的情（文
　類）及宋玉高唐賦一首（作品），都嚴格依階
　梯式排列，無一例外。

　但五臣本從卷一到卷十都看不到賦（文體）字，
　也就是說，文體完全沒有標示。從第一卷到第
　七卷，在卷次的下一行，頂頭第一格小字京都
　上、京都中、京都下、郊祀、耕籍、畋獵……。
　賦體下的「文類」都以小字頂頭第一格標示。
　但是第七卷下，同一行又有物色二大字。「物
　色」是賦體下的「文類」，但從第一卷到第六
　卷的文類都是頂頭第一格以小字標示，而物色
　卻是在第十格的位置，而且物色二字前，還加
　上一個小圓圈。但同在第七卷的文類「鳥獸」，
　卻又在頂頭第一個位置，而且是小字。

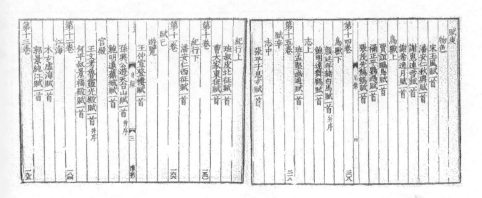

李善本目錄

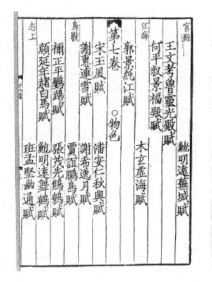

五臣本目錄

李善本目錄

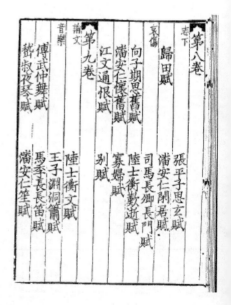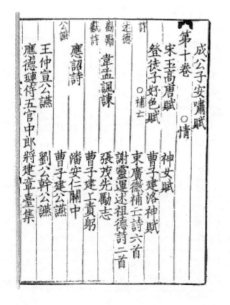

五臣本目錄

案：李善本詩甲（文體）在第二格位置；詩甲下的
　　「補亡」、「述德」、「勸勵」（文類）均在
　　第三格的位置；而補亡下的「束廣微補亡詩六
　　首」，述德下的「謝靈運述祖德詩二首」，勸
　　勵下的「韋孟諷諫詩一首」，都是文類下收錄
　　的作品，都在第四格的位置。一直到「詩庚」
　　下的「雜擬」……「詩」字都在第二格的位置，
　　詩體下的「文類」、「雜詩」、「雜擬」都是
　　在第三格的位置。

　　但五臣本的「詩」是在頂頭第一格小字，在詩
　　字下第七格有小字「補亡」，而同是詩體下文
　　類的「述德」、「勸勵」、「獻詩」、「公讌」
　　卻又在頂頭第一格小字。

第二十卷

獻詩
曹子建上責躬應詔詩二首

公讌
潘安仁關中詩一首
曹子建公讌詩一首
王仲宣公讌詩一首
劉公幹公讌詩一首
應德璉侍五官中郎將建章臺集詩一首
陸士衡皇太子讌玄圃宣猷堂有令賦詩一首
陸士龍大將軍讌會被命作詩一首
應吉甫晉武帝華林集詩一首
謝宣遠九日從宋公戲馬臺送孔令一首
范蔚宗樂游應詔詩一首
謝瞻九日從宋公戲馬臺送孔令一首
顏延年應詔讌曲水作詩一首
顏延年皇太子釋奠會作詩一首
沈休文應詔樂游苑餞呂僧珍詩一首
丘希範侍讌樂游苑送張徐州應詔一首
皇太子釋奠會作一首

第二十卷　目錄　詩乙

詠史
沈休文別范安成詩一首
謝靈運鄰里相送方山一首
謝宣遠王撫軍庾西陽集別作詩一首
潘安仁金谷集作詩一首
孫子荊征西官屬送於陟陽候作詩一首
曹子建應詔詩二首
王仲宣詠史一首
左太冲詠史八首
張景陽詠史一首
盧子諒覽古一首
謝宣遠張子房一首
顏延年秋胡詩一首
顏延年五君詠五首
鮑明遠詠史一首

李善本目錄

祖餞
陸士衡皇太子讌玄圃宣猷堂有令賦詩
陸士龍大將軍讌會被命作
應吉甫晉武帝華林集
謝宣遠九日從宋公戲馬臺送孔令
顏延年應詔讌曲水
左希範侍讌樂游苑送徐州應詔
沈休文應詔樂游苑餞呂僧珍
曹子建送應氏二首
孫子荊征西官屬送於陟陽候作
潘安仁金谷集作
謝宣遠王撫軍庾西陽集別作
謝靈運鄰里相送方山

第十一卷

詠史
沈休文別范安成
謝玄暉新亭渚別范零陵
曹子建三良
王仲宣詠史
左太冲詠史
張景陽詠史
盧子諒覽古
謝宣遠張子房
五君詠五首
顏延年秋胡
虞子陽詠霍將軍北伐
鮑明遠詠史
五君詠百一
應璩百一
郭景純遊仙詩十首
何劭祖遊仙

五臣本目錄

李善本目錄

右上：
第二十二卷
游南亭一首
游赤石進帆海一首
石壁精舍還湖中一首
登石門最高頂一首
於南山往北山經湖中瞻眺一首
從竹澗越嶺溪行一首
顏延年應詔觀北湖田收一首
車駕幸京口三月三日侍遊曲阿後湖一首
謝朓遊東田一首
江文通從建平王登廬山香鑪峯一首
沈休文鍾山詩應西陽王教一首
徐敬業古意酬到長史溉登琅邪城一首
詩丙
阮嗣宗詠懷十七首

右上（右半）：
百一
應休璉百一詩一首
游仙
何敬祖遊仙詩一首
郭景純遊仙詩七首
反招隱
王康琚反招隱詩一首
招隱
第二十二卷
左太冲招隱詩二首
陸士衡招隱詩一首
勢仲文南州桓公九井作一首
謝叔源遊西池一首
謝惠連泛湖出樓中翫月一首
謝靈運遊赤京口比圓應詔一首
登池上樓一首
晚出西射堂一首
游覽

五臣本目錄

左下：
臨終
詠懷
第十二卷
謝惠連秋懷　歐陽堅石臨終
鮑明遠行藥至城東橋
謝玄暉遊東田
江文通從建平王登廬山香鑪峯
沈休文鍾山詩應西陽王教
徐敬業古意酬到長史溉登琅邪城
宿東園
沈道士館
阮嗣宗詠懷詩十七首
車駕幸京口侍遊蔣山作
車駕幸京口三月三日侍遊曲阿後湖作

右下：
反招隱
游覽
左太冲招隱詩二首　陸士衡招隱
王康琚反招隱
魏文帝芙蓉池
勢仲文南州桓公九井作
謝叔源遊西池
謝惠連泛湖出樓中翫月
謝靈運泛湖出樓中翫月
登池上樓
晚出西射堂
游南亭
石壁精舍還湖中
於南山往北山經湖中瞻眺
從斤竹澗越嶺溪行
顏延年應詔觀北湖田收

李善本目錄

第二十四卷

贈答

王仲宣贈蔡子篤一首
贈士孫文始一首
贈文叔良一首
劉公幹贈五官中郎將四首
贈徐幹一首
贈從弟三首

哀傷

謝靈運廬陵王墓下作一首
顏延年拜陵廟作一首
謝宣遠同謝諮議銅雀臺一首
任彥升出郡傳舍哭范僕射一首

贈答二

曹子建贈徐幹一首
贈丁儀一首
王粲一首
又贈丁儀王粲一首
贈白馬王彪一首
贈丁翼一首
稽叔夜贈秀才入軍五首
司馬紹統贈山濤一首
張茂先苦何劭一首
何敬祖贈張華一首
陸士衡贈馮文羆遷斥丘令一首
於承明作與士龍一首
贈尚書郎顧彥先二首
贈從兄車騎一首
答張士然一首
為顧彥先贈婦二首
贈馮文羆一首

五臣本目錄

哀傷　贈答上

曹子建七哀
稽叔夜幽憤
王仲宣七哀二首
張孟陽七哀二首
潘安仁悼亡三首
謝靈運廬陵王墓下作
顏延年拜陵廟作
謝玄暉同謝諮議銅雀臺
任彥升出郡傳舍哭范僕射
王仲宣贈蔡子篤
贈士孫文始
贈文叔良
劉公幹贈五官中郎將四首
贈徐幹
曹子建贈徐幹
贈丁儀
贈從弟三首
又贈丁儀王粲
贈王粲

贈答下　第十三卷

贈白馬王彪
贈丁翼
稽叔夜贈秀才入軍五首
贈丁儀
司馬紹統贈山濤
張茂先苦何劭二首
何劭祖贈張華
陸士衡贈馮文羆遷斥丘令
答賈謐
於承明作與士龍
贈尚書郎顧彥先二首
贈從兄車騎
答張士然
為顧彥先贈婦二首
又贈弟士龍
贈馮文羆
潘安仁為賈謐作贈陸機

潘安仁為賈謐作贈陸機一首
贈侍御史王元貺一首
又贈弟士龍一首

第二十五卷
詩丁
贈答三
傅長虞贈何劭王濟一首
郭泰機苔傅咸一首
陸士龍為顧彥先贈婦二首
苔兄士龍一首　十三
苔張士然一首
重贈盧諶一首
盧子諒贈劉琨一首
苔魏子悌一首
謝宣遠苔靈運一首
於安城苔靈運一首

第二十六卷
贈答四
顏延年贈王太常一首
夏夜呈從兄散騎車長沙一首
直東宮苔鄭尚書一首
和謝監靈運一首
謝靈運還舊園見顏范二中書一首
登臨海嶠與從弟惠連一首
王僧達苔顏延年一首
訓從弟惠連一首　十四
陸韓卿奉苔內兄希叔一首
古意贈王中書一首
任彥昇贈郭桐廬一首
范彥龍贈張徐州一首
潘正叔迎大駕一首
行旅上

李善本目錄

夏夜呈從兄散騎車長沙
直東宮苔鄭尚書
和謝監靈運
王僧達苔顏延年
謝玄暉郡內高齋閑坐苔呂法曹
在郡臥病呈沈尚書
暫使下都夜發新林至京邑贈西府同僚
陸韓卿奉苔內兄希叔
訓王晉安
范彥龍贈張徐州
古意贈王中書詩
任彥昇贈郭桐廬

行旅上
在懷縣作
陸士衡赴洛
潘安仁河陽縣作
潘正叔迎大駕
赴洛道中作

潘正叔贈陸機出為吳王郎中令
贈河陽
傅長虞贈何劭王濟
陸士龍為顧彥先贈婦
苔元儵
苔張士然
重贈盧諶
盧子諒贈劉琨
苔親子悌
贈崔溫
謝宣遠苔靈運
於安城苔靈運
謝靈運西陵過風獻康樂
謝靈運還舊園作見顏范二中書
登臨海嶠與從弟惠連
訓從弟惠連
顏延年贈王太常

五臣本目錄

第二十七卷

詩戊

富春渚一首
七里瀨一首
發江中孤嶼一首
初發石首城一首
道路憶山中一首
入彭蠡湖口一首
入華子崗是麻源第三谷一首
謝靈運還初發墅一首
過始寧墅一首
陶淵明始作鎮軍參軍經曲阿作一首
為吳王郎中時從梁陳作一首
辛丑歲七月赴假還江陵夜行塗口作一首
赴洛道中作二首
陸士衡赴洛二首
潘正叔迎大駕一首
在懷縣作二首
潘安仁河陽縣作一首

行旅下

顏延年北使洛一首
還至梁城作一首
始安郡還都與張湘州登巴陵城樓作一首
鮑明遠還都道中作一首
謝玄暉之宣城郡出新林浦向版橋一首
敬亭山一首
休休重登道一首
晚登三山還望京邑一首
江文通望荊山一首
京路夜發一首
軍戎
王仲宣從軍詩五首
郊廟
顏延年宋郊祀歌二首
沈休文早發定山一首
丘希範旦發漁浦潭一首
新安江水至清淺深見底貽京邑遊好一首
樂府上
古樂府三首

李善本目錄

行旅下

第十四卷

○詩

還至梁城作○始平郡還都與張湘州登巴陵城樓作
鮑明遠還都道中作
顏延年北使洛
入彭蠡湖口
入華子崗其麻源第三谷
道路憶山中
初去郡
七里瀨
初發石首城
發江中孤嶼
富春渚
過始寧墅
謝靈運還初發墅
陶淵明始作鎮軍參軍經曲阿作
為吳王郎中時從梁陳作
辛丑歲七月赴駕還江陵夜行塗口作

樂府

軍戎

古樂府四首
魏武帝樂府三首
曹子建樂府四首
魏文帝樂府二首
班婕妤怨詩行
石季倫王明君辭
顏延年宋郊祀歌二首
陸士衡樂府十二首
謝靈運樂府
謝玄暉之宣城出新林浦向版橋
荀濟山
晚登三山還望京邑
江文通望荊山
京洛夜發
休休重還道中
沈休文早發定山
丘希範且發漁浦潭
新安江水至清淺深見底貽京邑遊好
王仲宣從軍詩五首

五臣本目錄

案：△李善本「詩戊」（文體）在第二格位置，次
　　行「行旅下」在第三格位置；其後的「軍戎」、
　　「郊廟」、「樂府上」（文類）也在第三格
　　位置。「行旅下」的「顏延年北使洛一首」
　　（作品）則在第四格的位置。

　　　但五臣本的「詩」（文體）卻在第十格
　　的位置，圈下一大字「詩」，次行「行旅下」
　　在頂頭第一格小字，而行旅下的作品「顏延
　　年北使洛」卻在第十一格的位置。同樣是行
　　旅下的作品「還至梁城作」卻又提到第三格
　　的位置。

△李善本樂府分上、下，但五臣本樂府無上、
　下；李善本古樂府三首，五臣本作古樂府四
　首；李善本雜詩分上、下，五臣本雜詩無上、
　下。

李善本目錄

五臣本目錄

李善本目錄

五臣本目錄

案：△李善本詩庚「雜擬」分上下，五臣本「雜擬」
　　不分上下，而且「雜擬」二字在卷十六下第
　　十格位置。「雜擬」之上有一圓圈。
　　△李善本卷三十二「騷上」卷三十三「騷下」，
　　俱在第三格位置。與前面的「雜擬」、「雜
　　詩」……等，皆在第三格。
　　△五臣本卷十六後半是「騷上」，卷十七次行
　　「騷下」，二者皆在頂頭第一格的位置。
　　△李善本卷三十四次行「七上」，卷三十五次
　　行「七下」。五臣本卷十七後半是「七上」，
　　卷十八次行為「七下」。

案：以往舊說主三十九體，以為賦、詩、騷、七……
　　等合為三十九體。但從李善本觀之，「騷」、
　　「七」……「祭文」全都是在「文類」的位置，
　　可是，自宋以來，都認定它們是「文體」，這
　　是最大的爭議所在。五臣本文體、文類的位置
　　都不固定，所以無從判斷「騷」、「七」到底
　　是文體還是文類。

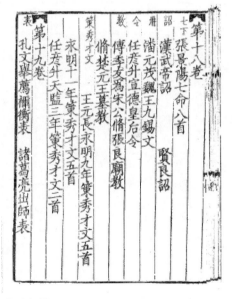

李善本目錄

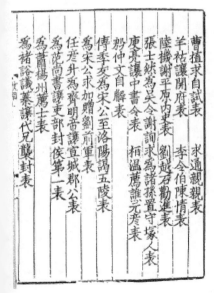

五臣本目錄

李善本目錄（右頁）

第三十卷
表下
文
敕
傳亮為宋公修張良廟教一首
傲建元王籍教一首
文
王元長永明九年策秀才文五首
永明十一年策秀才文三首
任彥昇天監三年策秀才文三首
第三十七卷
表上
孔文舉薦禰衡表一首
諸葛孔明出師表一首
曹子建求自試表一首
羊叔子讓開府表一首
李令伯陳情事表一首
陸士衡謝平原內史表一首
任彥昇齊竟陵文宣王行狀一首

李善本目錄（左頁）

第三十九卷
上書
李斯上秦始皇書一首
鄒陽上書吳王一首
鄒陽獄中上書自明一首
司馬長卿上書諫獵一首
枚叔奏書諫吳王濞一首
重諫吳王一首
江文通詣建平王上書一首
為范始興作求立太宰碑表一首
任彥昇為范尚書讓吏部封侯第一表一首
第二表一首
為蕭揚州薦士表一首
為褚諮議蔡僎讓代兄襲封表一首
傳季友為宋公求加贈劉前軍表一首
庾元規讓中書令表一首
桓元子薦譙元彥表一首
殷仲文解尚書表一首

李善本目錄

五臣本目錄（右頁）

第二十卷
上書
李斯上秦始皇書
鄒陽上書吳王
於獄中上書自明
枚叔奏書諫吳王濞
重諫吳王
江文通詣建平王上書
為范始興作求立太宰碑表
啟
上蕭太傅固辭奪禮啟
為卞彬謝脩卜忠貞墓啟
任彥昇奉答敕示七夕詩啟
彈事
奏彈劉整
任彥昇奏彈曹景宗
沈休文奏彈王源
感
揚德祖答臨菑侯牋

五臣本目錄（左頁）

第二十一卷
書上
李少卿答蘇武書
司馬子長報任少卿書
楊子幼報孫會宗書
朱叔元與彭寵書
孔文舉論盛孝章書
陳孔璋為曹洪與魏文帝書
阮嗣宗奏記詣蔣公
任彥昇到大司馬記室牋
勸今上牋一首
謝玄暉拜中軍記室辭隨王牋
在元城與魏太子牋
陳孔璋答東阿王牋
吳季重答魏太子牋
阮嗣宗為鄭沖勸晉王牋
繁休伯與文帝牋

五臣本目錄

〔上圖　李善本目錄〕

第四十卷
彈事
　任彥昇奏彈曹景宗一首
　沈休文奏彈王源一首
奏記
　阮嗣宗詣蔣公奏記一首
啟
　任彥昇為卞彬謝脩卞忠貞墓啟一首
　奉答敕示七夕詩啟一首
　上蕭太傅固辭奪禮啟一首

第四十一卷
書上
　李少卿答蘇武書一首
　司馬子長報任少卿書一首
　楊子幼報孫會宗書一首
　孔文舉論盛孝章書一首
　朱叔元為幽州牧與彭寵書一首
　陳孔璋為曹洪與魏文帝書一首
　阮元瑜為曹公作書與孫權一首
　魏文帝與朝歌令吳質書一首
　又與吳質書一首

第四十二卷
書中
　曹子建與楊德祖書一首
　又與吳季重書一首
　吳季重答東阿王書一首
　應休璉與滿公琰書一首
　與侍郎曹長思書一首

李善本目錄

〔下圖　五臣本目錄〕

第二十二卷
書
　阮元瑜為曹公作書與孫權書
　魏文帝與朝歌令吳質書
　又與鍾大理書
　曹子建與楊德祖書
　又與吳季重書
　吳季重答東阿王書
　應休璉與滿公琰書
　與侍郎曹長思書
　與廣川長岑文瑜書
　孫子荊為石仲容與孫皓書
　趙景真與嵇茂齊書
　劉孝標重答劉秣陵沼書
　丘希範與陳伯之書
移
　劉子駿移書讓太常博士
　與從弟君苗君冑書

第二十三卷
對問
　宋玉對楚王問
設論
　東方曼倩答客難
　揚子雲解嘲
　班孟堅答賓戲
辭
　漢武帝秋風辭
　陶淵明歸去來
序
　卜子夏毛詩序
　孔安國尚書序
　杜元凱春秋左氏傳序
　皇甫士安三都賦序
　石季倫思歸引序
　陸士衡豪士賦序

五臣本目錄

五臣本目錄

五臣本目錄

李善本目錄

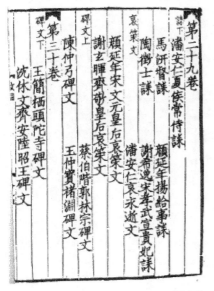

五臣本目錄

李善本目錄

五臣本目錄

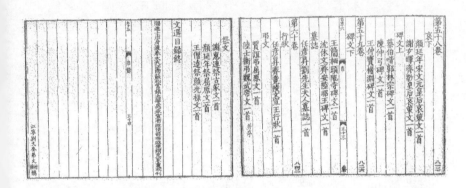

第五十八卷
哀下
顏延年宋文元皇后哀策文一首
謝玄暉齊敬皇后哀策文一首

碑文上
蔡伯喈郭林宗碑文一首
陳仲弓碑文一首
王仲寶褚淵碑文一首

第五十九卷
碑文下
王簡栖頭陀寺碑文一首
沈休文齊故安陸昭王碑文一首

墓誌
任彥昇劉先生夫人墓誌一首

第六十卷
行狀
任彥昇齊竟陵文宣王行狀一首

弔文
賈誼弔屈原文一首
陸士衡弔魏武帝文一首

祭文
謝惠連祭古冢文一首
顏延年祭屈原文一首
王僧達祭顏光祿文一首

文選目錄終

陽進士高郵軍學教授臣尤袤恭奉聖旨校定端明殿學士正奉大夫前南京留守兼留守司公事贈資政殿學士謚文簡李公所刊

江蘇劉文奎兄弟刊鏤

李善本目錄

　　前面，我們將李善本和五臣本在目錄上的編排體例，作過大致的比較，可以很清楚的看到：

一、《文選》白文本都是三十卷，李善因為之作注，所以調大為六十卷；但五臣本仍固守三十卷。

二、李善本眉目清晰，文體、文類、作品的位置，十分固定，字體大小亦一致。但五臣本眉目不清，甚至可以說十分雜亂，「賦體」完全不標示，「詩體」標示的位置不固定，字體有大有小。體下「文類」的位置亦極雜亂，令人無從分辨是體還是類。

三、李善本賦、詩二體均明確標示賦甲、賦乙、賦
　　丙、詩甲、詩乙、詩丙……；而五臣本賦體完全
　　沒標示，亦不見甲、乙之分，詩體則只標示過兩
　　次，一為第十卷後一行頂頭小字「詩」，另一次
　　為第十四卷下同行第十格大字「詩」，而於詩字
　　前作一小圓圈。但亦不見甲、乙、丙、丁之分。

四、總而言之，李善本一仍《文選》原樣，只有將
　　三十卷改為六十卷，其餘完全遵守舊本。

五、五臣本的目錄編排，幾乎可以說完全沒有條
　　理。

六、如果晁公武撰寫《郡齋讀書志》為《文選》作
　　〈解題〉時，看到的是李善注本，恐怕不一定會
　　提出三十七體說。

第三章　舊說商榷

有關《文選》的體例，從宋朝以來，就有了十分固定的說法。即《文選》將所有收入書中的作品，分為三十七體（或三十七類），這種說法，幾乎沿襲千年。

如南宋晁公武《郡齋讀書志》卷四下，著錄了《文選》解題云：[1]

> 右昭明太子蕭統纂。前有序，具述所作之意。蓋選漢迄梁諸家所著賦、詩、騷、七、詔、策、令、教、冊秀才文、表、上書、啟、彈事、牋、記、書、移、檄、難、對問、議論、序、頌、贊、符命、史論、連珠、銘、箴、誄、哀策、碑志、行狀、弔、祭文類輯之為三十卷。

---

1 宋・晁公武：《郡齋讀書志》卷四下。文淵閣四庫全書本。

從《郡齋讀書志》的解題，可以清楚看到，晁公武將《文選》所收的作品，依目錄所列的順序，一一列出，得三十七類。其實，《郡齋讀書志》所做的〈解題〉依據，如果不是白文本就是五臣本，一來是因為「輯為三十卷」，只有白文本或五臣本才是「三十卷」本，李善注則「析為六十卷」。二來從晁公武所列的三十七體來看，顯然是五臣本而非李善本；因為李善本是分為冊、令、教、文……而五臣本則作策、令、教、冊秀才文……但無論是五臣本還是李善本，重點在晁公武將之分為三十七類。

而王應麟《玉海》卷五十四引《中興書目》「文選」條云：[2]

> 《文選》，昭明太子蕭統集子夏、屈原、宋玉、李斯及漢迄梁文人才士所著賦、詩、騷、七、詔、冊、令、教、表、書、啟、牋、記、檄、難、問、議論、序、頌、贊、銘、誄、碑、誌、行狀等為三十卷。李善注析為六十卷。

---

2 宋・王應麟：《玉海》卷五十四。文淵閣四庫全書本。

　　《中興書目》只列了二十五類，並未全數列出。但基本上和晁公武的看法是一樣的，也是從《文選》目錄中逐一列出，不過間有省略，所以只列了二十五類。

　　從宋朝至今，學者們一直沿用這樣的觀點，認為《文選》將入選的作品分為三十七類；清朝有人認為應分三十八類[3]；近來，更有三十九類之說[4]。但無論是三十七、三十八或三十九類，都是繼承宋人以來的觀點，只是各據不同的版本，認定的數目稍有不同而已。

　　歷來學者將《文選》的作品分為三十七至三十九類，似已成為目前學術界的定論了。這三十九類，究竟是「文體」還是「文類」？因為從宋以來，有視之為「類」者[5]，也有視之為「體」者[6]，在這方面，

3　如胡克家《文選考異》、梁章鉅《文選旁證》，皆曾引黃季剛於「書」體後之劉子駿、孔德璋二人之文，應另立「移」體之說。其弟子駱鴻凱之《文選學》，即承師說，將《文選》中之作品分為三十八類。
4　台灣國立彰化師範大學游志誠教授，據陳八郎本，在卷四十四末，增入「難」體。見台灣成功大學魏晉南北朝文學與思想學術研討會，游教授所發表之〈論《文選》之難體〉。
5　如穆克宏即認為「《文選》分類，應該是三十七類」，見〈蕭統《文選》三題〉，收入《昭明文選研究論文集》（長春：吉林文史出版社，1988 年），頁 142-143。
6　宋‧章樵〈古文苑序〉：「……歌、詩、賦、書、狀、箋、銘、碑、記、雜文、為體二十有一」，顯然，章樵認為以上二十一種都是「文體」。

歷來看法頗不一致。而且，從宋以來就是如此。

其實，蕭統在《文選‧序》裡，已經很清楚的交代了這本總集的編排體例了。《文選‧序》最後一段文字提到：[7]

> 凡次文之體，各以彙聚。詩、賦體既不一，又以類分；類分之中，各以時代相次。

蕭統說得很清楚，所有入選的作品，先按「文體」區分，每一文體之下，又分為若干「文類」；而各文類之內的作品，則按時間先後為序排列。也就是說，在《文選》的編排體例中，有「文體」和「文類」和「作品」三個層次。其實，「作品」是很明確的，不會有爭議。目前出現問題的是「體」和「類」，從宋以來，所有談到《文選》體例者，都只有說「分為三十七（或三十九）類」。把原來分屬兩個不同層次的東西給一元化了；由於一元化的結果，不知道從何時開始，《文選‧序》所提到的「文體」和「文類」中間，竟然漸漸衍生出一個「等號」。「文體」居然就是「文類」；「文類」也就是「文體」。這樣的混淆，是令人無法接受的。

---

7 梁‧蕭統：《文選‧序》（台北：藝文印書館，1971 年），頁 2。

第一節 體、類不分

《昭明文選》究竟分成多少體，在《文選・序》裡，確實沒有說得很清楚。而從各種不同版本的目錄，也無法分辨出有多少體。前面第二章，已就目前流傳的兩個主要版本（李善注本和五臣注本）的目錄，作了比較。由於這兩個版本所依據的底本不同；流傳期間又加入了一些無心之失，所以，這兩種版本的目錄，呈現出很大的差異，以至造成我們今天極大的困擾。

目錄上的瑕疵，固然是造成我們難以分辨的原因之一；而歷來學者對「文體」和「文類」二者多混淆不清，甚至將「文體」和「文類」等同視之，這才是造成問題的根本原因。

本文無意對「文體」、「文類」作歷史性的探索。我們只針對《文選・序》裡面所指的「體」、「類」究竟是什麼，做必要的釐清。

其實，一切文學作品都可以比較粗枝大葉的分為「形式」、「內容」、「風格」三大部分。我們之所以一眼就能分辨出這是一首詩，那是一篇古

文，或這是一闋詞，那是一篇駢文。完全是根據他們外在的形式。這是不需要經過思考的，即使沒有題目或看不到題目，甚至於可以完全不看內容，只根據外在形式，就能很快的認定，這是一首詩，那是一篇古文。為什麼？怎麼看一眼就能認出來呢？因為外在形式是十分具體的，各具不同的特徵，只要對文學形式稍有認識的人，自然一眼就認得出來；就如同我們可以一眼就分辨出這是一輛腳踏車，那是一輛汽車一樣。因為腳踏車和汽車都是很具體的，而且外在形式上，各具不同的特徵，所以，不需要經過思考，一眼就能認出來。這種不需要認真的去辨析內容，只要能掌握住外在形式的特徵，就可以認定是什麼文學作品，這就是蕭統所說的「詩賦體既不一」的「體」。

「文體」本身沒有好壞的分別，只要符合某種外在形式的特徵要求，它就是某一種文體。教詩選課的老師，要學生繳一首「五言律詩」的習作，這些剛剛開始接觸古典詩的學生，當然不可能寫出什麼驚人之作，但是，只要他們寫出來的作品，完全符合五言律詩外在形式特徵的要求，他們寫的就是五言律詩。至於寫得好不好，那是另外一回事。但是，沒有人能認為這些作品不是「五言律詩」。所以，「文體」本身是沒有好壞分別的。只有是和不

是的問題，沒有好和不好的問題。

　　至於「內容」，也是文學作品很重要的部分，我們之所以能認定，這是詠物，那是論說，或這是一篇懷古的作品，那是山水的作品，當然是根據作品的「內容」來判斷。即使不知道作品的形式是什麼，也無礙於我們對內容的判斷。因為，作品的內容是固定的，不會改變的。我們閱讀過內容之後，自然就輕易的知道這個作品是屬於懷古類，還是論說類，是山水類，還是詠物類。這就是蕭統所謂「又以類分」的「類」。也就是本文所說的「文類」。

　　文類本身是沒有好壞的分別的。只要它的內容是懷古，它自然就是屬於懷古類；它的內容是論說，自然就屬於論說類。我們不能說懷古比論說好，或山水比詠物好，那是說不通的。至於寫得好不好，那是另外一回事。文類本身只有是和不是的問題，沒有好和不好的問題。

　　因此，無論「文體」或「文類」，本身都是中性的，沒有好壞的分別。但是，「文體」和「文類」並不是完全不相干的，一篇文學作品，想要寫得很出色，除了要具有明確的文體和文類之外，還必須具備各種不同體、類的「基本要求」。

如曹丕〈典論論文〉所云：[8]

奏議宜雅，書論宜理，銘誄尚實，詩賦欲麗。

其中「奏、議」、「書、論」、「銘、誄」都是文類，而「詩、賦」很明顯是文體。至於「雅」、「理」、「實」、「麗」都是各該文體或文類的基本要求。憑著他的經驗，驗諸以往好的作品，曹丕認為奏議類的作品，以「雅正」為上；書論類則應「合情合理」；銘誄類以「真實」為要；這三種文類，各有各的基本要求，必需要這樣寫，才是好的作品。至於「詩、賦」，當然是「文體」了，這兩種文體，基本上都應該比較「駢麗」。曹丕這段話，其實是在指陳，一篇好的「作品」，最好能具備那些基本要求。如果能具備這些基本要求，才能稱得上是「好的」奏議、「好的」書論、「好的」銘誄、「好的」詩、賦。可見曹丕的〈典論論文〉，對文體、文類分得很清楚，而且，他更進一步的指出，好的作品，而不是好的文體，好的文類，各應具備那些不同的基本要求。

---

8 魏・曹丕：〈典論論文〉，梁・蕭統編：《文選》第五十二卷（台北：藝文印書館，1971年），頁734。

　　到了陸機〈文賦〉，情形變得較為複雜了，所謂「詩緣情而綺靡，賦體物而瀏亮」，其實是將「文體＋文類＋風格」，三者合一。所以讓人更難以去理解是文體還是文類了。其後許多學者，他們所說的文體，其實談的都是「文體＋風格」，他們所說的文類，甚至也是「文類＋風格」；甚至更加複雜的將「文體」、「文類」和「風格」全混在一起。這樣一來，論到文體時，必然少不了要談風格；論到文類時，也必然要談風格，所以，他們所說的文體和文類，有部分是重疊的，因而導致文體、文類的混淆。但是，我們必須要了解，他們所說的是，一篇「好的」作品，除了具備「文體」和「文類」之外，還必須加上「風格」。

　　尤有甚者，自宋以來，大量詩話、詞話、賦話、文話的出現，也大大助長了文體、文類的混淆。當然，詩話、詞話等作，確實有其相當正面的意義，從批評和鑑賞的角度來看，都是十分值得肯定的；但是，它很明顯是將「文體」、「文類」加上「基本要求」，甚至加上「風格」。全混在一起了。

　　以往的文論家，往往將某一種文體，規範在某種風格之內。所以，我們只要提到某一種文體，就

會想到某一種風格，因而文體和風格，很自然就會聯繫在一起，後人更視之為當然。文類和風格的糾纏，也是同樣的情形。所以，在這種觀念底下，文體和文類是必然會混淆的。

蕭統在《文選·序》裡面所說的文體和文類，其實都十分明確。只是後人自亂陣腳。文體、文類越形複雜，這個責任，當然不能由《昭明文選》去承擔。《文選》有體有類，而後人只談其中的「體」，或只談其中的「類」，顯然有所失誤。更何況，體、類又混淆不清，因而使問題更形複雜。

文體和文類，其實是屬於兩個不同的範疇，不同的層次。如五言、六言、七言，是從外在形式來區別的，當然是「文體」；而山水詩、社會詩、邊塞詩，是從內容來區分的，當然是「文類」。我們可以用五言這種形式來寫山水；同樣也可以用散文來寫山水。所以作家可以用不同的文體，來寫同一種文類；同樣的，我們也可以用同一的文體，來寫不同的文類。一位作家，可以用賦體來寫京都；同時，他也可以用賦來寫山水。但無論如何，文體和文類，顯然是不同的，必需要明確的分辨。

而《昭明文選》所收的作品，顯然是先分賦、

詩……等體；然後，每一體之下，再分類；每一類之下，則選錄若干作品。因此《昭明文選》的體例，是分成三個層次的。《昭明文選》的序，說到該書的體例，是說得十分清楚的。不過問題出在，序和目錄是不完全一致的。尤其是不同版本的目錄。因而對後人滋生了許許多多的困擾。

以往舊說分為三十九體，完全不提到「類」。但《昭明文選》的體例，並不是只有體呀！

第二節　「騷」以後是文體還是文類

本文第二章中已經指出，李善注本之目錄較五臣注本之目錄，更能保存《文選》之原貌，所以本文所根據之目錄，一以李善本為準。《文選》序云：「凡次文之體，各以彙聚，詩、賦體既不一，又以類分，類分之中，各以時代相次。」序中清楚的提到，目錄排例是先列「文體」，「文體」之下「又以類分」，可見《文選》原來的編排設計是：同一種文體彙聚在一起；然後在每一種文體之下，分別列出不同的文類；在每一種文類之下，再列出該文類的選文。

　　李善本目錄，凡「文體」必標示在第二格的位置；「文體」下的「文類」，則必標示於第三格的位置；「文類」下的選文，則必標於第四格。茲以「賦體」「詩體」為例說明之：

一、《文選‧序》云：「凡次文之體，各以彙聚。」李善本《文選》，凡是「賦體」都彙聚在卷一到卷十九前半。即凡是同一種文體，都彙聚在一起。詩則彙聚在卷十九下半到卷三十三。這就是所謂「次文之體，各以彙聚」。但無論是賦體還是詩體，在目錄上都明確的標示在第二格的位置。如第一卷下一行接著是「賦甲」，「賦」是文體名，所以標示在第二格的位置，其他於卷三、五、七、九、十一、十三、十五、十七、十九下都分別標示了賦乙、賦丙、賦丁、賦戊、賦己、賦庚、賦辛、賦壬、賦癸，都標示在第二格的位置。而卷十九到卷三十三是「詩體」，所以卷十九、二十一、二十三、二十五、二十七、二十九、三十等卷，則分別標示詩甲、詩乙、詩丙、詩丁、詩戊、詩己、詩庚，而且都是標示在第二格的位置。眉目十分清楚。

二、《文選‧序》接著說：「詩賦體既不一，又以類分。」詩和賦都是文體，所以都標示在第二

格。但詩和賦之下，又有許多「文類」，這些
文類，就標示在第三格的位置。如卷一賦甲之
下，有「京都上」，第三卷賦乙，下有「京都
中」；第五卷賦丙，下有「京都下」；第七卷
賦丁，下有「郊祀」「耕藉」「畋獵上」……
卷十九賦癸，下有「情」。從卷一賦甲下的「京
都上」……一直到卷十九賦癸下的「情」全是
「又以類分」的「類」，所以「京都上」、「京
都中」、「京都下」、「郊祀」、「耕藉」……
「情」都是賦體下的「文類」，全都標示在第
三格的位置。而卷十九中間有「詩甲」，詩甲
下有「補亡」、「述德」、「勸勵」，卷二十
有「獻詩」、「公讌」、「祖餞」，卷二十一
「詩乙」下有「詠史」、「百一」、「遊仙」……
卷三十二有「騷上」，卷三十三有「騷下」。
所有「補亡」、「述德」、「勸勵」、「獻詩」、
「公讌」、「祖餞」……「騷上」、「騷下」，
全都是「詩體」下的「文類」，全部標示在第
三格的位置。至於京都分為上、中、下，騷分
為上、下，乃是因為該文類的作品選得比較多，
因此必需分為上、下或上、中、下。一如賦體
和詩體下分甲、乙、丙……一樣。文體是以甲、
乙、丙……作區分；文類則以上、中、下作區
分。眉目也十分清楚。

三、《文選‧序》接著又云：「類分之中，各以時
　　代相次。」意謂各文類之下，選了許多範文，
　　這些範文是依作者的「時代」為序，依次排列，
　　如同時代就以卒年先後排列。第一卷賦甲（文
　　體），京都上（文類）之下有「班孟堅兩都賦
　　二首」、卷二有「張平子西京賦一首」、卷三
　　賦乙京都中之下有「張平子東京賦一首」等，
　　這些都是「文類」之下所收錄的範文，它們是
　　依時代先後來排列的，但全部都標示在第四格
　　的位置。而卷十九詩甲，「補亡類」有「束廣
　　微補亡詩六首」、「述德類」有「謝靈運述祖
　　德詩二首」，「勸勵類」有「韋孟諷諫詩一首」、
　　「張茂先勵志詩一首」一直到卷三十二「騷上」
　　有「屈平離騷經一首」，這些全都是「文類」
　　下的範文，所以全部標示在第四格的位置。

　　前面已經說過，李善注本《文選》目錄對「文
體」、「文類」、「範文」區分得十分清楚，只要
是「文體」，一定標示在第二格的位置；只要是「文
類」一定標示在第三格的位置，只要是範文一定標
示在第四格的位置。一目了然，毫不混亂。

　　但是從第三十二卷「騷上」，第三十三卷「騷

下」……一直到第六十卷「行狀」、「弔文」、「祭文」。全都標示在第三格的位置。我們在前面已經說過，第三格是「文類」的位置。顯然這三十六種作品都是「文類」，可是它們歸屬於那一種文體呢？

從目前所見李善注本的目錄來看，自卷十九「詩甲」的「補亡」、「述德」到卷三十一「雜擬下」，固然都是「詩體」下的「文類」；而且從卷三十二「騷上」、卷三十三「騷下」，一直到卷六十的「行狀」、「弔文」、「祭文」，也都是詩體下的「文類」。因為只有「詩甲」、「詩乙」到「詩庚」是「文體」，標示於第二格，其餘從「補亡」、「述德」……一直到「行狀」、「弔文」、「祭文」，全都標示於第三格。所以從十九卷的「補亡」，一直到六十卷的「祭文」，全都是「詩體」下的「文類」。但只要對中國文學稍有認識的人，都不會同意這樣的安排。顯然這裡面有問題。我們當然相信，《文選》的編者不可能無知到這個程度，那麼這一現象如何解釋呢？

其實問題很單純，極易解釋。本人最初的意見是：卷三十四「七上」前一行，可能漏刻「文」一字。這個「文」就是「文體」的文，而且應刻在「七上」前一行第二個字的位置，表示自「七上」以下，

一直到卷六十的「祭文」，全都是「文體」下的「文類」。如果真是這樣的話，不但眼前這個問題得到了完全合理的解釋，而且在第三章所提出的諸多疑惑，也可以完全迎刃而解了。但是，因為不止在白文本和李善注本中，「七上」之前看不到「文」這個「文體」的標示，五臣注本中也沒有，六臣本也看不到；而且《文選》之後所有《文選》系的選本，完全都看不到這個「文」字。這說明《文選》的原貌，在「七上」之前，本來就沒有「文」這個「文體」的標示。

因為從「七」到「祭文」這三十六種作品，都不可能是「詩體」下的「類」。所以，從宋以來，幾乎所有的學者都認為它們是「文體」，而不是「詩體」下的「類」。

前面一節，我們討論過，《昭明文選》中，所指的「文體」是什麼？「文類」又是什麼？以下，我們將這三十六種的作品的內容及形式，列表說明，才能清楚認定，它們究竟是「文體」還是「文類」。

在下面的表格中，我們沒有把「七」放進去討論，因為「七」出現的位置令人完全不可以理解。

它既不是詩體下的「類」，而且它和後面的「詔」、「冊」、「令」……等用古文或駢文寫作的應用文也完全無關；最麻煩的是，在白文本的《文選》裡頭，是沒有「七」這一種作品的。它是後人加上去的嗎？有關「七」的問題太複雜了。目前在「文獻不足徵」的情況下，我們暫時把「七」放在一邊，不去說它。因為談不出結果；而且它出現的位置，又造成我們很大的困擾。無論從那一個角度來說，它出現的位置都是令人完全不可理解的。所以暫時擱下不說。

卷　　　次	作　　　　　品	內　容	寫作形式
卷三十五·詔	漢武帝詔	上對下公文	散文
	漢武帝賢良詔		散文
卷三十五·冊	潘元茂冊魏公九錫文		散文
卷三十六·令	任彥昇宣德皇后令	上對下公文 上之訓下	散文
卷三十六·教	傅季友為宋公修張良廟教		散文
	傅季友為宋公修楚元王墓教		散文
卷三十六·文	王元長永明九年策秀才文五首		散文
	王元長永明十一年策秀才文五首		散文

	任彥昇天監三年策秀才文三首		散文
卷三十七‧表上	孔文舉薦禰衡表	下對上公文下之事上	散文
	諸葛孔明出師表		散文
	曹子建求自試表		散文
	曹子建求通親親表		散文
	羊叔子讓開府表		散文
	李令伯陳情事表		散文
	陸士衡謝平原內史表		散文
	劉越石勸進表		散文
卷三十八‧表下	張士然為吳令謝詢求為諸孫置守冢人表	下對上公文下之事上	散文
	庾元規讓中書令表		散文
	桓元子薦譙元彥表		散文
	殷仲文解尚書表		散文
	傅季友為宋公至洛陽謁五陵表		散文
	傅季友為宋公求加贈劉前軍表		散文
	任彥昇為齊明帝讓宣城郡公第一表		散文
	任彥昇為范尚書讓吏部封侯第一表		散文

	任彥昇為蕭揚州薦士表		散文
	任彥昇為褚諮議蓁讓代兄襲封表		散文
	任彥昇為范始興作求立太宰碑表		散文
卷三十九・上書	李斯上書秦始皇	下對上公文下之事上	散文
	鄒陽上書吳王		散文
	鄒陽獄中上書自明		散文
	司馬長卿上書諫獵		散文
	枚叔上書諫吳王		散文
	枚叔上書重諫吳王		散文
	江文通詣建平王上書		散文
卷三十九・啟	任彥昇奉答敕示七夕詩啟	對上下之事上	散文
	任彥昇為卞彬謝脩卞忠貞墓啟		散文
	任彥昇啟蕭太傅固辭奪禮		散文
卷四十・彈事	任彥昇奏彈曹景宗	對上呈奏下之事上	散文
	任彥昇奏彈劉整		散文
	沈休文奏彈王源		散文
卷四十・牋	楊德祖答臨淄侯牋	公文下之事上	散文
	繁休伯與魏文帝牋		散文
	陳孔璋答東阿王牋		散文

	吳季重答東阿王牋		散文
	吳季重在元城與魏太子牋		散文
	阮嗣宗為鄭沖勸晉王牋		散文
	謝玄暉拜中軍記室辭隨王牋		散文
	任彥昇到大司馬記室牋		散文
	任彥昇百辟勸進今上牋		散文
卷四十·奏記	阮嗣宗詣蔣公	對上呈奏下之事上	散文
卷四十一·書上	李少卿答蘇武書	實用文書	散文
	司馬子長報任少卿書		散文
	楊子幼報孫會宗書		散文
	孔文舉論盛孝章書		散文
	朱叔元為幽州牧與彭寵書		散文
	陳孔璋為曹洪與魏文帝書		散文
卷四十二·書中	阮元瑜為曹公作書與孫權	實用文書	散文
	魏文帝與朝歌令吳質書		散文
	魏文帝與吳質書		散文
	魏文帝與鍾大理書		散文
	曹子建與楊德祖書		散文
	曹子建與吳季重書		散文

	吳季重答東阿王書		散文
	應休璉與滿公琰書		散文
	應休璉與侍郎曹長思書		散文
	應休璉與廣川長岑文瑜書		散文
	應休璉與從弟君苗君冑書		散文
卷四十三‧書下	嵇叔夜與山巨源絕交書	實用文書	散文
	孫子荊為石仲容與孫皓書		散文
	趙景真與嵇茂齊書		散文
	丘希範與陳伯之書		散文
	劉孝標重答劉秣陵沼書		散文
卷四十三‧移	劉子駿移書讓太常博士並序	實用文書	散文
	孔德璋北山移文		散文
卷四十四‧檄	司馬長卿喻巴蜀檄	實用文書	散文
	陳孔璋為袁紹檄豫州		散文
	陳孔璋檄吳將校部曲文		散文
	鍾士季檄蜀文		散文
卷四十四‧難	司馬長卿難蜀父老	實用文書	散文
卷四十五‧對問	宋玉對楚王問	陳意敘事	楚辭
卷四十五‧設論	東方曼倩答客難	陳意敘事	楚辭
	楊子雲解嘲並序		楚辭

	班孟堅答賓戲並序		楚辭
卷四十五・辭	漢武帝秋風辭並序	抒情言志	楚辭
	陶淵明歸去來並序		楚辭
卷四十五・序上	卜子夏毛詩序		散文
	孔安國尚書序		散文
	杜預春秋左氏傳序	陳意敘事	散文
	皇甫士安三都賦序		散文
	石季倫思歸引序		散文
卷四十六・序下	陸士衡豪士賦序		騈文
	顏延年三月三日曲水詩序		騈文
	王元長三月三日曲水詩序	敘事	散文
	任彥昇王文憲集序		散文
卷四十七・頌	王子淵聖主得賢臣頌		散文
	楊子雲趙充國頌		散文
	史孝山出師頌	稱美	散文
	劉伯倫酒德頌		騈文
	陸士衡漢高祖功臣頌		騈文
卷四十七・贊	夏侯孝若東方朔畫贊並序	稱美	騈文
	袁彥伯三國名臣序贊		騈文
卷四十八・符命	司馬長卿封禪文		騈文
	楊子雲劇秦美新	稱美	散文
	班孟堅典引一首		散文
卷四十九・史	班孟堅公孫弘傳贊	評議古	散文

論上	干令升晉紀‧論晉武帝革命	者	散文
	干令升晉紀‧總論		散文
	范蔚宗後漢書皇后紀論		散文
卷五十‧史論下	范蔚宗後漢書二十八將傳論	評議古者	散文
	范蔚宗宦者傳論		散文
	范蔚宗逸民傳論		散文
	沈休文宋書謝靈運傳論		駢文
	沈休文恩倖傳論		駢文
卷五十‧史述贊	班孟堅史述贊三首	評議古者	散文
	范蔚宗後漢書光武紀贊		散文
卷五十一‧論一	賈誼過秦論	析理精微	散文
	東方曼倩非有先生論		散文
	王子淵四子講德論並序		散文
卷五十二‧論二	班叔皮王命論	析理精微	散文
	魏文帝典論‧論文		駢文
	曹元首六代論		散文
	韋弘嗣博弈論		駢文
卷五十三‧論三	嵇叔夜養生論	析理精微	駢文
	李蕭遠運命論		散文
	陸士衡辯亡論上下二首		駢文
卷五十四‧論	陸士衡五等論	析理精	駢文

四	劉孝標辯命論	微	駢文
卷五十五·論五	劉孝標廣絕交論	析理精微	駢文
卷五十五·連珠	陸士衡演連珠五十首	假物陳義	駢文
卷五十六·箴	張茂先女史箴	自儆	駢文
卷五十六·銘	班孟堅封燕然山銘並序	自儆	駢文
	崔子玉座右銘		散文
	張孟陽劍閣銘		駢文
	陸佐公石闕銘		駢文
	陸佐公新刻漏銘並序		駢文
卷五十六·誄上	曹子建王仲宣誄並序	悼念死者	駢文
	潘安仁楊荊州誄並序		駢文
	潘安仁楊仲武誄並序		駢文
卷五十七·誄下	潘安仁夏侯常侍誄並序	悼念死者	駢文
	潘安仁馬汧督誄並序		駢文
	顏延年陽給事誄並序		駢文
	顏延年陶徵士誄並序		駢文
	謝希逸宋孝武宣貴妃誄並序		駢文
卷五十七·哀上	潘安仁哀永逝文	悼念死者	駢文
卷五十八·哀下	顏延年宋文皇帝元皇后哀策文	悼念死者	駢文

	謝玄暉齊敬皇后哀策文		駢文
卷五十八・碑文上	蔡伯喈郭有道碑文並序	悼念死者	駢文
	蔡伯喈陳太丘碑文並序		駢文
	王仲寶褚淵碑文並序		駢文
卷五十九・碑文下	王簡棲頭陀寺碑文	悼念死者	駢文
	沈休文齊故安陸昭王碑文		駢文
卷五十九・墓誌	任彥升劉先生夫人墓誌	悼念死者	駢文
卷六十・行狀	任彥升齊竟陵文宣王行狀	悼念死者	駢文
卷六十・吊文	賈誼弔屈原文並序	悼念死者	駢文
	陸士衡吊魏武帝文並序		駢文
卷六十・祭文	謝惠連祭古塚文並序	悼念死者	駢文
	顏延年祭屈原文		駢文
	王僧達祭顏光祿文		駢文

　　傳統舊說認為《文選》從賦、詩……祭文，共三十九種文體。其中賦、詩兩體是沒有爭議的，因為它的「體」、「類」非常分明。問題的焦點是：賦、詩之後的詔、冊……祭文，到底是不是文體。

　　從以上的表格，可以很清楚看出來，從「詔」到「祭文」這三十六種作品，全都是實用性的文字。

包括上對下的公文、下對上的公文，各階層的實用
文字，以及國人慎終追遠、悼念死者的文字。以今
人的觀點而言，這三十六種作品，除了「對問」、
「設論」和「辭」之外，全都是應用文；而且全都
用散文或駢文寫成。無論散文或駢文，它們都是
「文」，不是「賦」，也不是「詩」。就如同從卷
一到卷十九，裡頭包含了騷體賦、問答體散文賦和
齊言賦。這些都是「賦」體下的次文體；而詩體下
包含了四言、五言、七言等次文體。但《文選》只
列出賦體和詩體。在賦體和詩體下，不再細分次文
體。從「詔」到「祭文」，雖然有些是散文、有些
是駢文，但都是「文」，所以《文選》也不再細分
為散文和駢文。因此從「詔」到「祭文」，全都是
「文」體下所分的「類」。那為什麼在「詔」之前，
看不到「文」體的標示呢？這正是《文選》編纂時
極大的疏失。

　　從李善注本的目錄來看，從「詔」到「祭文」，
全部都在第三格的位置，表示它們全部都是「文
類」。只不過《文選》編者疏忽了，竟然沒有在「詔」
的前一行、第二格的位置標示出「文」這個字。如
果當時加上「文」這個字，就一切都沒問題了。它
是賦、詩之後的第三種文體，從「詔」以下，一直
到「祭文」，全都是「文體」之下的「文類」，一

如「賦體」和「詩體」之下有許多「文類」一樣。有關這個問題，本文第五章有詳細的說明。

從以上表格可以很清楚看出，賦、詩、騷是要押韻的，它們和往後的三十幾種文體顯然不同，它們情辭聲韻，藻采振發，音韻鏗鏘；而後面那三十幾種除了對問、設論、辭之外，基本上都是直言無采，是實用性極高的作品。而對問、設論和辭，本來就出自辭賦。對問和設論的確可以發揮一點諷刺，勸阻等政治上的作用，歸入政府文書類中，也不能說完全錯，只是和我們平日一般的歸類，稍有一點距離；但是武帝的秋風辭和陶潛的歸去來辭，就不能這麼和稀泥了，兩篇都是押韻之作；而且情辭聲韻，藻采振發，它絕對應該放在賦、詩、騷的領域，是沒有轉圜餘地的。《文選》安排各種作品的先後順序，將辭歸入政府文書等實用性作品之列，是一個明顯的錯誤。而且「對問」、「設論」出現的位置，也是令人不解的，這是《文選》編纂時的嚴重疏失。

至於「七」體出現的位置，一如「辭」出現的位置，令人完全無法理解。「七」出現於「騷」後「詔」、「冊」、「令」等政府文書之前，不知當時編《文選》時，主持編務的人究竟是怎麼想的？

我完全無法為它做任何合理的解釋。但是現存日本
的《文選》白文本⁹從目錄上來看，是沒有「七」的。
到底「七」是什麼時候加上去的，不得而知。我想，
《文選》編完之後，好事之徒，妄加增冊，不是不
可能。如果《文選》原本沒有「七」，應該是比較
合理的。目前的版本，「七」出現的位置十分不合
理。因為「七」之前，全是「有韻為文」的「文」，
而「七」之後則是「無韻之筆」的「筆」。「七」
本是賦體下的「類」，它完全放錯了位置，一如「辭」
不應該在「筆」裡出現一樣。因為從十八卷到三十
卷，全是「筆」，「辭」無論從任何角度來說都是
「文」。

　　有關「七」的問題十分棘手。目前，沒有足夠
的資料去論述，姑且暫時放下不論。

---

9 日本藏古文獻《二中歷、經史歷》中記載了一份三十卷本《文選》
　的完整書目，是沒有「七」的。

第三節 舊說必需面對的問題

如果《文選》收錄的作品，果真是三十九體的話，以下這些現象，應該如何解釋呢？

在談到關鍵問題之前，必需在此先作說明：其實前面第二章也已提到過：《文選》流傳至今，最重要的只有兩個版本，一是李善注的六十卷本，另一是五臣注的三十卷本，這兩個版本，它們最初所依據的原始手抄本，顯然是不同的。前面第二章，我們將這兩個注本的目錄作過比對，在目錄編排上，五臣本的眉目是完全不清楚的，而且顯得十分混亂；李善注本則眉目清晰，它是完全根據《文選》的原始面目排列，而且，凡是和原始版本不同之處，李善都很仔細的作了說明。所以本文所提到的《文選》目錄，一以李善注本為準。以下提到的問題，全是根據李善注本的目錄。

《文選》的體類觀念是貫徹全書的。何以只有詩、賦二體下有類，而七、詔、冊以下諸體統統都沒有類呢？

一、前面提到過，《文選》的編排體例是先分體，

體下「又以類分」。如依舊說，從「騷」到「祭文」都是文體的話，那麼為什麼從「騷」到「祭文」這些文體下，完全都看不到「又以類分」呢？「賦」之下有「京都」、「郊祀」、「耕籍」、「畋獵」、「紀行」、「遊覽」、「宮殿」、「江海」、「物色」、「鳥獸」、「志」、「哀傷」、「論文」、「音樂」、「情」十五類；而「詩」之下有「補亡」、「述德」、「勸勵」、「獻詩」、「公讌」、「祖餞」、「詠史」、「百一」、「遊仙」、「招隱」、「反招隱」、「遊覽」、「詠懷」、「臨終」、「哀傷」、「贈答」、「行旅」、「軍戎」、「郊廟」、「樂府」、「挽歌」、「雜歌」、「雜詩」、「雜擬」二十四類。如果三十九體當中，只有「賦」、「詩」二體之下才有「類」；其他三十七種文體之下，是完全沒有類的，說得通嗎？理論上任何一種文體之下，都必然可分很多「類」的。我們可以用散文來寫「遊記」，也可以用散文寫「書信」，更可以用散文發表「論文」；駢文固然多用來抒情，但劉彥和不是也用駢文來寫文學理論嗎？唐朝的陸宣公不是也用駢文給皇帝上公文嗎？任何一種文體，都可以承載許多不同的內容；也就是說，任何一種文體，都可以包含很多類的作品，那麼，為什麼詔、冊、令⋯⋯等的文體之下，全部都沒有「類」呢？從

古到今，從中到外，這個道理是放諸四海而皆準的，為什麼詔、令……這些文體下可以沒有「類」呢？答案只有一個，因為它們本身就是「類」，而不是體。那麼，它們是什麼「體」下的「類」呢？這個問題，本文第五章有詳細的說明。

二、各體所佔的比例極不一致，懸殊過甚。一本好的綜合選本，所選錄的作品，一定有詳細縝密的規劃，絕不可能看到一首選一首。如果依傳統舊說，《文選》果真分三十九體，那麼，編纂《文選》的實際執行者，至少應有一個大致的構想：賦大致選多少首，詩選多少首，詔選多少首，冊選多少首？全書大概有多大的規模？這是作為編者起碼要先做的規劃。但從全書各體所選錄的作品來看，顯然完全沒規劃。因為這三十九體，各體所選錄的作品數量，太過懸殊了。多的有幾百首，而少的只有一首，如「詩體」收了四百三十四首，但「冊體」、「令體」、「連珠體」、「箋體」、「奏記體」、「難體」、「對問體」、「墓誌體」、「行狀體」都只收錄一首；而「詔體」、「教體」、「移體」、「辭體」、「贊體」、「弔文體」都只收錄二首；而「符命體」、「哀體」、「祭文體」等每一體也只收錄了三首。四百三十四

首和一首二首或三首都是天壤之別。除了詩、
賦二體之外，其他各體收錄數量最多的「表體」
也不過只有十九首，其次的「論體」則只有十
三首，它們和四百三十四首仍然是不成比例
的。如果昭明太子編《文選》時，真的依三十
九首體選文，而各體收錄作品的數量，可以相
差到四百三十四倍，我國歷代文學選本，應該
沒有任何一本是這樣編的。

三、在李善注六十卷本的目錄中，賦從卷一到卷十
九中，詩則從卷十九後半到卷卅一。那麼光是
賦、詩二體，就佔了六十分之三十一，超過一
半以上，而騷、七、詔、冊……祭文這三十七
種文體合起來，才只佔六十分之二十九，還不
到全書的一半。平均起來，後面這三十七種「文
體」，每一種文體還佔不到一卷的篇幅；但是
光是「賦體」就佔了十八點五卷，相較於「令」、
「教」、「文」三種文體合起來才佔了一卷的
篇幅（卷三十六），而「行狀」、「弔文」、
「祭文」三種文體，也只佔一卷的篇幅（卷六
十）。「對問」、「設論」、「辭」、「序上」
共佔一卷（卷四十五）。如果依傳統三十九體
的說法，那麼「賦」佔了六十分之十八點五，
約佔全書 30.83%；而「令」、「教」、「文」、

「行狀」、「弔文」、「祭文」、「對問」、
「設論」、「辭」……等各佔全書的 0.055%左
右。表示「賦」所佔的篇幅是「令」、「教」、
「文」……等體的五百六十倍。我國歷代任何
一種選本，都絕不可能編出比例如此懸殊的選
本。

四、「體」以甲、乙、丙、丁……區分，「類」以
　　上、中、下區分。依李善注本的目錄來看，「賦」
　　從第一卷到第十九卷上半，並於第一卷、第三
　　卷、第五卷、第七卷、第九卷、第十一卷、第
　　十三卷、第十五卷、第十七卷及第十九卷處，
　　分別以賦甲、賦乙、賦丙、賦丁、賦戊、賦己、
　　賦庚、賦辛、賦壬、賦癸加以區分，而「詩」
　　則從第十九卷後半到卷三十，也分別以詩甲、
　　詩乙、詩丙、詩丁、詩戊、詩己、詩庚加以區
　　分。而且李善在「賦甲」之下注云：「……以
　　明舊式」可見《文選》的原始版本就是以甲、
　　乙、丙、丁……來作為「體」的區分；而在「賦
　　體」之下，又很清楚看出「京都上」、「京都
　　中」、「京都下」……「志上」、「志中」、
　　「志下」……。京都、志等，都是「賦體」下
　　的類，可見「類」是以上、中、下作為區分的。
　　詩體下的類同樣也是以上、中、下作為區分，

如行旅上、行旅下、樂府上、樂府下……等是。
而詔、冊、令以下諸「體」中，卷三十七「表
上」卷三十八「表下」；卷四十一「書上」、
卷四十二「書中」、卷四十三「書下」；卷四
十五「序上」，卷四十六「序下」；卷四十九
「史論上」、卷五十「史論下」，也是分為上、
中、下。

「賦」和「詩」兩體之下的類，都是以上、
中、下作為區分，而「詔」、「冊」、「令」……
至「祭文」，也都是以上、中、下作為區分。那
麼，「詔」、「冊」、「令」……「祭文」當然
也是「類」囉。如果說同一選本「賦」、「詩」
兩體用甲、乙、丙、丁作區分，而「詔」、「冊」、
「令」……「祭文」，則以上、中、下作區分，
顯然很不合理。我深信《文選》的編纂者絕不至
於自亂陣腳，前後不一至此。

前面提到這四點，是主張《文選》分三十九體
說的人，必需面對的問題。這四種不合理的現象如
何解釋？這絕不可以用「《文選》編者的疏失」一
句話就可搪塞過關的。

第四章　《文選》本身的諸多問題

　　前面一、二章，已提到《文選》從成書以來，由於唐朝把它列為科舉必考的科目，所以使它成為每一個中國讀書人必讀的書籍。在印刷術還沒發明之前，所有讀書人都必須人手一冊，傳抄過程中，必然出現了許多問題。這是李善注本和五臣注本，在目錄上之所以含有那麼大差異的主要原因。兩者相較，自然是李善注本的目錄，較能保持《文選》的本來面目。我們在前面已討論過這個問題了。但是本章主要討論的是：《文選》在編纂的過程中，由於編者疏失所產生的問題。和前面所謂傳抄過程所衍生的問題是不同的。以下，我們分開幾個部分來討論。

第一節　目錄標示不明

　　談到這個問題，我們必須再次抄引一段《文選》序裡的文字，才能展開討論。《文選・序》云：

　　……都為三十卷，名曰《文選》云爾。凡
次文之體，各以彙聚。詩、賦體既不一，又以
類分，類分之中，各以時代相次。

　　《文選》總共收了七百多篇作品。這麼多的作品，那一篇在前，那一篇在後，必需要有一個規律，才能有所依循，才能將這七百多篇作品安安穩穩的排入目錄裡去。這就是《文選》本身所定的體例問題了。從上引《文選‧序》的這段文字，可以很清楚看到，《文選》的編者，將七百多篇作品，依文體來歸併，同一種文體彙聚在一起；在同一種文體中，再依文類來彙聚；在同一文類中，則依作者的生卒先後來排列。所以《文選》編排的體例是十分清楚的。它很明確的分為「體」、「類」、「作品」三個層次。而且在李善注本的目錄裡，這三個層次分得非常清楚——凡標示文「體」，一定從第二格的位置開始；凡標示文「類」，一定從第三格的位置開始；凡標示作品，一定從第四格的位置開始。前面第二章，已經很詳細的談過這個問題了。現在我們根據這樣的編排體例，從新檢視李善注本的目錄。

　　李善注本的目錄，在卷三十二以前，是十分明

確的。為了便於討論、說明，請參閱第二章第二節頁 31。李善本目錄。

　　目錄第六行開始，「第一卷」三個字，是從頂頭第一格開始；第七行「賦甲」，賦是文體，從第二格開始；第八行「京都上」，京都是文類，從第三格開始；第九行「班孟堅兩都賦二首」，班孟堅兩都賦，是從京都類中選錄的作品，從第四格開始。體、類、作品，各安其位，井井有條，賦和詩的目錄都非常清楚。我們在第三章第二節就討論過了。依這樣的體例，豈不是從卷十九「詩甲」下的「補亡」、「述德」……一直到卷六十的「祭文」，全都是詩體下的類嗎？因為從卷十九「詩甲」下的「補亡」，一直到卷六十的「祭文」，全部都是在第三格的位置。前面我們一再的提到過，第三格「類」的位置，如果說從「補亡」到「祭文」，全是詩體下的類，那當然是完全不合理的。關鍵在卷三十二到卷六十。按三十九體舊說，詩體下的「類」到卷三十一的「雜擬下」。卷三十二的「騷上」卷三十三的「騷下」，是「賦」、「詩」後的另一種「體」，之後的「七」、「詔」、「令」、「冊」……「祭文」，都是「體」。這樣一來，問題就大了。因為「騷」、「七」、「詔」、「冊」……「祭文」，全都是在第三格「類」的位置。請問是根據什麼標

準認定「騷」、「七」、「詔」、「冊」……「祭文」，都是「體」呢？如果它們是「體」，應該標示在第二格的位置。可是，它們明明是標示在第三格呀！第三格就該是「類」了，怎麼會是「體」呢？

卷三十有「詩庚」，詩是「文體」，所以「詩庚」二字是在第二格的位置。詩庚後面的「雜擬」上，卷三十一的「雜擬」下，都是詩體下的「文類」。緊接著卷三十二「騷」上，卷三十三「騷」下，如果是「文體」的話，它們應該和「詩庚」一樣，排在第二格的位置，可是從「騷」上、「騷」下、「七」上、「七」下……「祭文」，全部都是在第三格。

不但如此，賦和詩都是文體，所以賦分甲、乙、丙、丁；詩也分甲、乙、丙、丁……，而「雜擬」是詩體下的「文類」，所以分為上、中、下。體分甲、乙，類分上、下，這是《文選》的體例。「騷」、「七」……等既然是「文體」，為什麼它們都是分上、下，而不是分為甲、乙……？

從前一頁的「騷」、「七」……一直到卷五十一的「論」[1]、「連珠」、「箴」……「祭文」，全

---

1 三十卷白文本的「論」是分為上、中、下的，五臣本的論，也是分上、中、下。李善因加了注，使「論」的篇幅加大了許多。分上、中、下不足以容納，所以分為論一、論二、論三、論四、論五。

部都是在第二格的位置，而且也不是分甲、乙，而
是分上、下。

從以上幾頁李善注本的目錄看來，很明顯是有
問題的。這是造成爭議最大的關鍵所在。如果這個
問題解決了，其他的問題都可以迎刃而解。

這很明顯是《文選》編者的嚴重疏失。本文第
四章，所提到的全是《文選》編纂時的疏失。但疏
失最嚴重，最容易引起後人爭論的，就是眼前這個
問題。至於何以會有這些疏失，請參閱本文第五章。

第二節 序與目錄所收之作品名稱、
順序及數量不一

任何一個文學選本，為什麼會選這篇作品，為
什麼不選那篇作品，編纂者有權力把理由說清楚，
而且更有義務要說清楚；至於為什麼要選擇這一類
的作品，而不選擇那一類的作品，同樣也有義務要
說清楚。特別是一本有心要呈現編纂者的文學觀及
文學發展源流的選本，更是如此。

　　蕭統在《文選·序》裡面，對我國文學發展的源流，基本上有一個相當明確的說明，他編《文選》的企圖，從這篇序可以十分清楚的掌握。其中很重要的企圖之一，就是要透過這部選本，明確的呈現我國文學發展的源流。

　　從這篇《文選·序》我們也很清楚的看到，蕭統和他的前輩劉勰，二人對我國文學發展的源流，其實是有很不同的觀點。《文心雕龍》要「宗經」、「徵聖」；而《文選·序》卻強調以「事出於沉思，義歸於翰藻」為主，其餘皆經、史、子，「今之所集，亦所不取」。可見二人的觀點，是有很大的距離的。所以在《文選》編纂過程，幾乎看不到劉勰的影子。

　　二人既對文學觀點存在很大歧異，那麼的《文選》編纂者，自然更應該透過《文選·序》，把他主要的理念及選定那些類的作品，清清楚楚的說明。這一點，蕭統是做到了。但是令人十分遺憾的是，序中提到的作品名稱、順序及所選作品的數量，和《文選》目錄所呈現的，都有相當大的差異。

　　首先，序言中提到的各種文體，和目錄排列出的順序，有明顯的不同。序中提到各體的順序是

「賦」、「騷」、「詩」、「頌」、「箴」、「戒」、「論」、「銘」、「誄」、「讚」……等。但《文選》目錄所列之順序則是「賦」、「詩」、「騷」、「七」、「詔」、「冊」、「令」、「教」、「文」、「表」、「上書」……等。先後順序明顯不同。

序中所提到的各體，尤其最初幾種，基本上是從文體發展史的角度提出。昭明太子的觀點，「賦」是詩六義之一，且「今之作者，異乎古昔，古詩之體，今則全取賦名」。而「賦」之前的〈三百篇〉係屬「經」的範疇，因「經」、「史」、「子」均不入《文選》，所以〈三百篇〉自然不會收入《文選》。而賦又是從〈三百篇〉來，所以首列「賦」體。「騷」去〈三百篇〉遠，不出於〈三百篇〉，但確為「詩」之一類，故置於「賦」後。而「騷」後之「詩」（漢詩），基本上亦遠承〈三百篇〉，是以置於「騷」之後。但以目錄之排序，則是「賦」、「詩」（漢詩）居前，「騷」居「詩」後，殊難索解。顯然昭明太子的觀點和《文選》目錄編排的順序是不一致的。

其次，《文選·序》中提到了賦、詩、騷、頌、箴、戒……讚論、序述共四十種文體；但是全書收錄的作品，實際上卻只有三十七種（另有三十八、

三十九種說）。而且，其中有幾種序與目錄名稱不同；或序有而實無；或實有而序無，頗見參差。茲列表如下：

《文選·序》與《文選》目錄中所收錄文體之比較

序與書中實有之文體相同者	序有實無	實有序無
賦、詩、騷、詔、令、教、表、指事（彈事）、箋（牋）、奏（奏記）、書、檄、論（設論）、辭序、頌、讚、讚論（史論）、銘、哀、碑（碑文）、狀（行狀）、吊（弔文）、祭（祭文）、答客（設論）、箴	志、序述、引篇、碣八字、三言、指事、悲、符、誓、記、誥、諫、戒	七、冊、文、上書、啟、移、難、對問、設論、符命、史述贊、連珠、誄、墓誌

由上表明顯可見，「序」和《文選》共同都有的部分約為二十七種，且其中有十種名稱不完全相同；而「序」中提到，但《文選》中完全看不到的有十五種；《文選》中實有，而「序」中完全沒提到的有十四種。可見「序」中提到的文體，和《文選》實有的文體差異十分巨大，這是完全不合常理的。表面看來，只是所選作品的「文類」多寡及各「文類」排列先後的問題，但事實上並非如此單純。如「序」中沒有提到「七」，但《文選》中卻清清

楚楚的把「七」列在「騷」後「詔」前，這對我們
了解《文選》的編排體例，產生極大的困擾（說詳
第六章），不是只用「疏失」兩個字就能交代過去
的。顯然，「序」寫定的時間和《文選》編成的時
間，絕不會是同時；也不可能在《文選》編成後才
寫「序」；很明顯，「序」是在《文選》編成之前
已經寫好，而《文選》則是在「序」寫成後，一段
相當長的時間才編成[2]；當《文選》編成後，因為主
事者無心也無暇對《文選》和「序」作一番整合，
或者將「序」的部分內容，根據《文選》的實際面
目重新修改或撰寫。但是《文選》編成後，顯然沒
有任何人去做這個工作，才會出現序中所言和《文
選》實際的情形不符。很明顯的，《文選》編纂的
最後階段，必然極為倉促。甚至群龍無首，難作整
合。[3]

---

2 （日）岡村　繁，劉玉飛譯:〈《文選》編纂的實際情況與成書初期
　　所受到的評價〉，收入《中外學者文選學論集》下冊。
3 俞紹初先生在〈《文選》成書過程擬測〉一文中，也有相同的看法。

第三節 未盡符「各以時代相次」之體例

序中所謂「類分之中,各以時代相次」,意謂各種文類下所列的選文,是依作者時間先後排列的。但是,細按全書,卻發現有許多選文先後秩序,並不符合序文所言。關於這個問題,不僅以往有許多學者提出過,而且王曉東先生於〈《文選》係倉促成書說〉一文中,將《文選》中的失誤予以糾正,並製成表格。以下表格,即係從王文中引出[4]:

失 次 作 品	體　類	卷數	正 當 編 次
潘安仁《笙賦》	賦·音樂下	十八	應在成公子安《嘯賦》後
曹子建《公宴詩》	詩·公宴	二十	應在劉公干《公宴詩》後
應吉甫《晉武帝華林園集詩》	同上	同上	應在陸士衡《皇太子宴玄圃猶塘有令》前
謝靈運《九日從宋公戲馬台送孔令詩》	同上	同上	應在范蔚宗《樂遊應詔詩》前

---

4 王曉東:〈《文選》係倉促成書說〉,見《文選學新論》(鄭州:中州古籍出版社,1997年),頁 80-82。

左太冲《招隱詩》二首	詩·遊覽	二十二	應在陸士衡《招隱詩》後
謝惠連《泛湖出樓中玩月》	同上	二十二	應在謝靈運《從斤竹澗越嶺溪行》後
歐陽堅石《臨終詩》	詩·詠懷	二十二	應在謝惠連《秋懷》前
稽叔夜《幽憤詩》 曹子建《七哀詩》 王仲宣《七哀詩》	詩·哀傷	二十三	王仲宣《七哀詩》 曹子建《七哀詩》 稽叔夜《幽憤詩》
司馬紹統《贈山濤》 至 陸士龍《答張士然》	詩·贈答二～三	二十四～二十五	傅長虞《贈何劭王濟》 郭泰機《答傅咸》 張茂先《答何劭二首》 潘安仁《為賈謐作贈陸機》 何敬祖《贈張華》 陸士衡《贈馮文羆遷斥丘令》等 陸士龍《為顧彥先贈婦二首》等 司馬統紹《贈山濤》 潘正叔《贈陸機出為吳王郎中令》等
謝惠連《西陵遇風獻康樂》	詩·贈答三	二十五	應在謝靈運《酬從弟惠連》後

潘正叔《迎大駕》	詩・行旅上	二十六	應在陸士衡《吳王郎中時從梁陳作》後
張茂先《雜詩》至張景陽《雜詩十首》	詩・雜詩上	二十九	束道彥《雜詩》 張茂先《雜詩》等 何敬祖《雜詩》 陸士衡《園葵詩》 左太冲《雜詩》 曹顏遠《思友人詩》等 張景陽《雜詩十首》 王正長《雜詩》 張季鷹《雜詩》
謝惠連《七月七日咏牛女》及《擣衣》	詩・雜詩下	三十一	應在謝靈運《石瀨修竹茂林詩》後
司馬長卿《上書諫獵》	上書	三十九	應在枚叔《上書重諫吳王》後
楊德祖《答臨淄侯箋》 繁休伯《與魏文帝箋》 陳孔璋《答東阿王箋》	箋	四十	陳孔璋《答東阿王箋》 繁休伯《與魏文帝箋》 楊德祖《答臨淄侯箋》
朱叔元《為幽州牧與彭寵書》	書上	四十一	應在孔文舉《論盛孝章書》前

趙景真《與嵇茂齊書》	書上	四十三	應在孫子荊《謂石仲容與孫皓書》前
曹元首《六代論》韋弘嗣《博奕論》嵇叔夜《養生論》李蕭遠《運命論》	論二及論三	五十二～五十三	李蕭遠《運命論》嵇叔夜《養生論》曹元首《六代論》韋弘嗣《博奕論》

　　按作者時間先後排列，是一種極簡單而又極正確的方法，這麼簡單的排列方式，任何一個極普通的人，都可以做得到，為甚麼《文選》的編者做不到？更離譜的是，同一位作家，在甲類排在 A 前，而在乙類又排到 A 後。如：

　　　　同一個曹子健，在「贈答」、「雜詩」二目中，排在王仲宣之後；到了「公宴」門，卻置於王粲之前；又謝惠連，明明是謝靈運的族弟（小靈運十二歲），與謝靈運同卒於宋文帝元嘉十年，而《文選》的編者竟將他放在靈運之上。[5]

　　只要稍加注意，這些問題是絕對不應該出現的，而今我們看到的《文選》，竟然一而再，再而

5 同上注，頁 82。

三的出現了大量的疏失。如果編纂《文選》的主事者，稍為用點心，在編成後，從頭到尾檢查一遍，就不會有那麼多的失誤出現。這是一本書的編者，尤其是主事者，必需要做的事。連這麼重要的事都沒做，不是編者太不負責任，就是倉促間成書，根本無暇去注意這些問題。

第四節　所收作品題目多與本集不符

　　《文選》這部總集，所選的作品，從時間上來說，上自先秦，下至蕭梁時期；從作品的體類來說，有賦、詩、文等體而各體下又分為若干類，是一部相當龐大的選本。書中所選入的各篇作品，究竟是編者從各家文集中選錄出來的？還是以當時流行的各種選集中抄錄下來的呢？目前一般學者大多傾向是後一種情況[6]。

　　為什麼那麼多學者都傾向此一說法呢？我想主

6　如王立群《《文選》成書研究》、俞紹初〈《文選》成書過程擬測〉。
　　日本岡村　繁著，俞紹初校訂之〈文選編纂的實際情況與成書初期所受到的評價〉。
　　王曉東〈《文選》係倉促成書說〉，曹道衡、沈玉成〈有關《文選》編纂中幾個問題的擬測〉，李立信〈文選「飲馬長城窟行」古辭考辯〉等，都是傾向從當時流行之選本中抄錄下來的。

要是由於《文選》所選錄的作品，光是「題目」就出現了太多的問題，有的誤植人名；有的誤植題目；有的題目和別集不符；有的誤合數首為一……各種錯誤不勝枚舉。如果《文選》的編者是從各家文集中選錄下來的，一定不可能出現這麼多錯誤。以下試從《文選》中舉出一些例子以為證明：

一、有誤書人名或姓氏者

（一）卷二十四[7]，曹子建〈贈丁儀〉詩。李善於題下注云：「〈集〉云：〈與都亭侯丁翼〉，今云儀，誤也」。這個題目，《文選》犯了兩個錯誤，一是誤植人名，將丁翼誤植為丁儀。二是與〈曹子建集〉中的題目不同，〈子建集〉的題目本為「與都亭侯丁翼」，而《文選》竟改為〈贈丁儀〉，殊不可解。

（二）卷二十四曹子建〈又贈丁儀王粲〉詩。李善於題下注云：「〈集〉云：〈答丁敬禮王仲宣〉，翼字敬禮，今云儀，誤也」。和上一例的情形相同，一將丁翼誤為丁儀；二則〈子建集〉之原題稱二人之字，《文選》則逕書其名。

---

7 本文所舉諸例，皆據李善本。

（三）卷二十四陸機〈為顧彥先贈婦二首〉詩，李善於題下注云：「〈集〉云：〈為全彥先作〉，今云顧彥先，誤也。且此上篇贈婦，下篇答，而俱云贈婦，又誤也」。這個題目，《文選》也犯了兩個錯誤，其一是將全彥先誤植為顧彥先，將作者的姓氏完全寫錯了。其二是將贈詩與答詩誤合為贈婦二首，疏忽之極。蓋顧彥先另有其人，且與全彥先同時，陸士衡另有〈贈尚書郎顧彥先二首〉，收入《文選》卷二十四。李善於〈贈尚書即顧彥光二首〉題下注云：「王隱《晉書》曰：顧榮，字彥先，吳人也，為尚書郎。」可見《文選》這個題目所犯的錯誤是很嚴重的。

二、有任意合併詩題者

（一）卷二十四嵇叔夜〈贈秀才入軍五首〉。李善於題下注云：「〈集〉云：〈兄秀才公穆入軍贈詩〉，劉義慶《集林》云：「嵇熹字公穆，舉秀才」。《文選》這個題目也錯得很離譜，嵇叔夜這首詩本並未分為五首，但《文選》卻將之加上五首二字，這還是小問題；更嚴重的是，這首詩贈的對象是作者的兄長嵇公穆，但《文選》所標示的題目，我們完全看不出贈的對象是什麼人。

（二）卷二十六陸機〈赴洛二首〉，李善於題下注云：
「〈集〉云：此篇赴太子洗馬時作，下篇云東
宮作，而同云赴洛，誤也」。六臣本張銑注云：
「後篇意乃在東宮作，蓋撰者合也。」可知陸
機原詩，本係二首不同時，不同地之作，而《文
選》竟合二題為一，又將題目妄改為〈赴洛二
首〉。這就不只是誤植而已了。

（三）卷二十八，劉越石〈扶風歌〉，李善於題下注
云：「〈集〉云：〈扶風歌九首〉，然以兩韻為一
首，今此合之，蓋誤也」，可知原本劉越石的
〈扶風歌〉本是一首聯章詩，同一題目連作九
首，而《文選》的編者竟大而化之，將九首誤
合為一首。

三、任意刪節詩題

（一）卷二十五盧諶〈贈崔溫〉詩，李善於題下注云：
「〈集〉曰：〈與溫太真崔道儒〉。何法盛《晉
錄》云：溫嶠字太真，又曰，崔悅字道儒」可
見《盧諶集》係贈溫太真及崔道儒二人，但《文
選》刪節成〈贈崔溫〉，因此誤導後人以為贈
姓崔名溫之人，與原題不僅相去甚遠，甚至已

造成後人極大之誤會。

（二）卷二十七鮑照〈還都道中作〉，李善於題下注
　　云：「〈集〉曰：〈上潯陽還都道中作〉，《文選》
　　顯然刪去了〈上潯陽〉三字，但是刪去這三個
　　字，是完全沒有必要的。

（三）卷三十謝玄暉〈和徐都曹〉，李善於題下注云：
　　「〈集〉云〈和徐都曹勉昧旦出新渚〉，《文選》
　　顯然隨意刪去「勉昧旦出新渚」六字。

四、任意改題者

（一）卷十一鮑照〈蕪城賦〉，李善於題下注云：「〈集〉
　　云：〈登廣陵故城〉」。案：這篇賦是鮑照的名
　　作，流傳既廣且遠，後人但知有〈蕪城賦〉而
　　不知有〈登廣陵故城〉，可見《文選》任意改
　　題目，竟然以訛傳訛，已訛傳了千年以上了。

（二）卷二十八謝玄暉〈鼓吹曲〉，李善於題下注云：
　　「〈集〉云：〈奉隨王教作古入朝曲〉。蔡邕曰：
　　〈鼓吹歌〉，軍樂也，謂之短簫鐃歌，黃帝歧
　　伯所作也」。《文選》此詩篇名與《謝朓集》的
　　原題相去甚遠，不知《文選》據何名篇。

　　以上但舉《文選》所選作品之題目，和作家本
集中的原題不同[8]，甚至有些題目和原題相去十萬八
千里。這種現象，一則說明《文選》之編者，顯然
沒有去查對各作家之本集；既然沒有查對本集，作
品不是從本集選出，那顯然是另有來源。而最可能
的來源，就是以編纂《文選》當時所流行的其他選
本轉錄而來，倉促編成。不然，怎麼會出現這麼多
的錯誤呢？

　　俞紹初〈《文選》成書過程擬測〉一文中云：

　　　　依我之見，《文選》的編撰過程大致可分
　　為三個階段：第一階段從天監十五年（516）
　　東宮設置十學士開始，到天監十七年(518)梁
　　武帝《歷代賦》加注為止，可說是《文選》或
　　總集編撰的準備階段，主要是資料的搜集；第
　　二階段從天監十八年（519）到普通六年
　　（520），可稱為《文選》編撰的前期階段，
　　其內容是經過選文定篇，編成《正序》十卷、
　　《詩苑英華》二十卷，此二書連同梁武帝《歷
　　代賦》十卷，從某種意義上可看作是《文選》

---

8 以上四類例證係參閱拙文李立信：〈文選「飲馬長城窟行」古辭考
　辨〉，香港中文大學《中國文化研究所學報》，2002 年新十一期。

　　編撰的中間環節；第三階段⋯⋯則是《文選》
　　的實際編撰階段。[9]

　　俞紹初先生的擬測，極有見地，應離事實不遠。
尤其是他指出梁武帝的《歷代賦》和昭明太子所編
之《詩苑英華》及《正序》，「是《文選》編纂的
中間環節」。基本上他已認定這三種選本，正是《文
選》的底本。其後，他又說：

　　《正序》和《英華》顯然早於《文選》，
　　這就意味著，昭明太子之撰《文選》，並非
　　白手起家，而是通過《正序》和《英華》的
　　編纂，取得一定的經驗，在已有的基礎上進
　　行的。⋯⋯《文選》為賦詩、文合集，而前
　　於此完工的《正序》和《英華》則分別為文
　　集和詩集，而獨缺賦集。究其原因，大概是
　　由於當時梁武帝已編成了《歷代賦》之故。[10]

　　這樣的推測雖然沒有什麼依據，但說來卻是合
情合理。在同一文中，他又說：

9　見俞紹初：〈《文選》成書過程擬測〉，收入中國文選學研究會，鄭
　　州大學古籍整理研究所編：《文選學新論》（鄭州：中州古籍出版
　　社出版，1997 年 10 月），頁 61。
10　同上注，頁 63。

　　《文選》的編撰不需要新起爐灶，可在已
成的幾部總集的基礎上進行。賦類，已有梁武
帝《歷代賦》十卷……詩類，當以《文章英華》
（也就是後來所稱的《詩苑英華》）二十卷為
基礎……唯獨文類，由於必須按照「綜緝詞
采」、「錯比文華」的選文標準，《正序》十
卷那些「典誥文言」顯然並不完全適宜，所以
須另行編選，是最花力氣的。[11]

　　其實不止俞紹初具有這種看法，日本學者清水
凱夫在〈《文選》編輯的周圍〉一文，也有類似的
看法：

　　由此可以推測，《詩苑英華》雖然猶有遺
恨，但已廣為流傳於世，為進一步充實和擴
大，又撰錄《文選》三十卷。可以說《文選》
是《詩苑英華》的繼續和發展。[12]

　　話說得比俞紹初含蓄一點，但大抵二人之意是
相差不遠的。日本學者岡村繁〈《文選》編纂的實

11　同注⑨，頁 71。
12　（日）清水凱夫著，韓基國譯：〈《文選》編輯的周圍〉，收入《六
　　朝文學論文集》（重慶：重慶出版社，1989 年），頁 36。

際情況與成書初期所受到的評價〉一文，大量介紹
了六朝人編選集之風氣後，接著說：

> 由於它們〈即前面介紹之各種選集〉的存
> 在，後來《文選》的編纂並不像我們原來臆測
> 的那樣，其編纂者曾付出了極大的辛勞。事實
> 上，即便在作品選擇和文體分類上，其準備工
> 作也已由現成的選集完成。編纂者恐怕不過是
> 以這些現成的選集為基礎，從中適當地選擇有
> 價值的作品，並對之進行部分加工而已。總
> 之，我以為《文選》的大部分內容，並非直接
> 選自原始的詩文作品羣，它不是首選本，倒很
> 可能是從現成的選集中選擇更適當的作品編
> 纂而成的再選本。[13]

　　這個觀點和前面提到俞紹初及日人清文凱夫是
完全一致的。同一文中，隨後又云：

> 總之，《文選》起初就不像《詩苑英華》
> 那樣從龐大的作品群中直接選錄優秀作品編

---

13 （日）岡村　繁著，劉玉飛譯：〈《文選》編纂的實際情況與成書
初期所受到的評價〉，收入《日本中國學會報》第三十八集（1986
年）。俞紹初、許逸民主編之《中外學者文選學論集》亦收入該文，
頁 1068。

撰而成的首選本，它不過是全面依靠那些首選
本，由劉孝綽於匆忙之間從中選錄優秀作品而
編撰的再選本而已。如此看來，《梁書‧昭明
太子傳》為太子編著的《正序》及《詩苑英華》
兩書大書詩書，而對《文選》卻輕描淡寫，只
稍作附記；《顏氏家訓‧文章篇》對《文選》
更是視若無睹，而只對《詩苑英華》予以注目。
上述這些現象，若從《文選》編纂的實際情況
來看，可以說就不足為奇了。[14]

　　以上諸位學者，對《文選》編纂過程的推測，
雖不能說絕對精準，但由於前面提到那麼多理由的
支撐，應該離事實不遠吧。

---

14 同上注，頁 1071-1072。

第五章　《文選》編纂過程之諸多困難

第一節　成書年代

　　《昭明文選》這本書究竟是什麼時候編成的？這一直是研究《文選》的學者們討論多時的問題。由於史書沒有明文記載，甚至連相關的編纂訊息，也完全看不到。加上學者們的意見頗為分歧，至今還沒有一個完全為學術界所接受的定論。所以本文只能從既往學者諸多的意見中，爬梳出一個可能比較接近的時間。

　　蕭統一生只活了三十一歲。他的文集是二十二歲那年，由劉孝綽替他編成的。在此之前，沒有任何蕭統編《文選》的訊息。連自己的文集，都是由他人代編，當然更不可能在此時編《文選》。

　　二十二歲之後，蕭統有一段比較空閒的時期。所以歷來的學者，都認為《文選》是蕭統在二十二

歲（普通三年 522）以後編的。但說法頗為紛紜。王
立群教授認為是在 522－526 之間編成的[1]。傅剛教授
則以為是 522－525 編成初稿，522－529 由劉孝綽續
編完成[2]。曹道衡教授則以為是 527－529 之間編成[3]。
日本學者岡村繁則認為應是 528－529 間倉促編成
[4]。各種說法不一。

　　本文以為 522（普通三年）開始編《文選》，當
然是有可能的。但相關史料《梁書‧明山賓傳》記
載：

　　　　（普通）四年……東宮新置學士，又以
山賓居之。[5]

　　又《梁書‧殷鈞傳》謂：

　　　東宮置學士，復以鈞為之。[6]

1　王立群：《《文選》成書研究》（北京：商務印書館，2005 年），頁
　　153。
2　傅剛：《《昭明文選》研究》（北京：中國社會科學出版社，2000 年），
　　頁 164。
3　曹道衡、沈玉成：〈有關《文選》編纂中幾個問題的擬測〉，收入《昭
　　明文選研究論文集》（長春：吉林文史出版社，1988 年）。
4　同上注。
5　唐‧姚思廉：《梁書》卷二十七〈明山賓傳〉。文淵閣四庫全書本。
6　唐‧姚思廉：《梁書》卷二十七〈殷鈞傳〉。文淵閣四庫全書本。

可見普通四年（523），東宮新置學士，一時人才頗盛。其實明山賓、殷鈞、王錫、張緬等均在東宮，這時開始編《文選》極為合理。因為編一部這麼大的選本，非有大量人力支援不可。蕭統這時身兼監國，連自己的文集都是假手劉孝綽代勞，當然更不可能自己獨自一人去編《文選》。普通四年（523）既然東宮新置學士，自然是一個理想的編纂時間。

開始編纂的時間，雖然不能很明確的定在那一年，但並不重要，最重要的是，那一年編成的？因為《文選》不錄存者，而書中收了陸倕的作品〈石闕銘〉和〈新漏刻銘〉，陸倕卒於526。所以《文選》絕無可能在526之前編成。如果是普通七年（526）編成，那時蕭統既是太子，又兼監國，他和父親梁武帝此時關係甚為融洽。太子兼監國編成《文選》，梁武帝自應大加表揚，史書也應大書特書，可是居然看不到任何相關的紀錄。這是一個極不合理的現象。

一個二十五、六歲的年輕太子，有心編《文選》，當然是令人十分欽佩的。但是，這時他沒有任何壓力，非要在短期內編成不可。他當然不可能預知526以後，會有那麼多意想不到的惡運；他更不可能預

知，這些惡運會讓他從此一蹶不振；甚至這一生只能活短短的三十一年。

　　傅剛的《昭明文選研究》下編第一章〈文選的編纂〉中，主張應自 522 開始編纂，至 523 東宮置學士，人才鼎盛，至 525 初步編成，緊接著發生了一系列的事件，直到大通元年（529）末之後，《文選》才經由劉孝綽最後編成。[7]而曹道衡和沈玉成合撰〈有關《文選》編纂中幾個問題的擬測〉一文中[8]云：

> ……此時《詩苑英華》業已流傳，而《文選》則尚未成書，以此又可以作為《文選》的成書，在蕭統死前不久，即大通（527）到中大通初年（529）的旁證。

　　曹道衡、傅剛都認為《文選》應至中大通元年（529）之後才編成。而何融〈文選編撰時期及編者考略〉[9]一文則以為普通七年（526）前已開始編撰，而編成時間則可能較曹、傅二人之推測更晚。何文云：

---

7 傅剛：《昭明文選研究》（北京：中國社會科學出版社，2000 年），頁 164。

8 該文收錄於《昭明文選研究論文集》（長春：吉林文史出版社，1988年）。

9 見《國文月刊》第七十六期（1949 年）。

> ……惟劉杳自普通時，已兼東宮官職，及至昭明卒後，官屬全罷，而仍獨被敕停留東宮，則頗有參與（編文選）之可能焉。

何文所云，似在暗示，昭明太子卒後，仍留下部分東宮官屬，繼續編撰《文選》。那麼，《文選》就有可能是昭明太子卒後才編成的。這個推測，雖然有點匪夷所思，但在情理上看，似乎也有幾分可能。

俞紹初〈《文選》成書過程擬測〉[10]則以為《文選》的編纂過程，大致可分為三個階段：第一階段從天監十五年（516）東宮設置十學士開始，到天監十七年（518）……主要是資料的搜集。第二階段天監十八年（519）到普通元年（520），可稱《文選》編撰的前期階段……第三階段始於始於普通四年（523）……到大通三年（529）因蠟鵝事件暴露，昭明太子失寵而結束。則是《文選》的實際編撰階段。

---

10 見俞紹初：〈《文選》成書過程擬測〉，收入中國文選學研究會、鄭州大學古籍整理研究所編：《文選學新論》（鄭州：中州古籍出版社出版，1997 年 10 月），頁 61。

　　文中，俞教授有很長的考證和論述，入情入理。尤其是第三階段，過程十分複雜。而王曉東教授〈《文選》係倉促成書說〉[11]，與俞紹初〈《文選》成書過程擬測〉如出一轍，認為《文選》是在極其倉促間完成，以至出現許多不應該有的錯誤和疏失。

　　由於《文選》本身出現的諸多錯誤和疏失，令人無法不認同俞、朱二氏之說。更何況，由於蠟鵝事件，令昭明太子不僅免除了監國之職，遠離政權核心；甚至令昭明太子與梁武帝之間完全失去了信任，更因之而失寵，接著更因重病而亡。《文選》究係在昭明太子生前完成，還是身後才由他人完成，到今都無法弄清楚。但可以肯定的是，《文選》必在普通七年（526）以後才編成。因為主要的編纂劉孝綽和昭明太子在 526 之後，都陷入了生命中的最低潮。一連串的惡運，使他們無心編務。所以《文選》才會出現那麼多失誤。在這種情形下，《梁書‧昭明太子傳》只能冷冷的記載：

　　　所著《文集》二十卷……《文選》三十卷。[12]

---

11 王曉東：〈《文選》係倉促成書說〉，見《文選學新論》（鄭州：中州古籍出版社，1997 年），頁 78-90。

12 唐‧姚思廉：《梁書》卷八〈昭明太子傳〉。文淵閣四庫全書本。

而未有片言隻字的說明。《梁書》基本上不堪記載《文選》編纂過程的曲折和複雜；甚至還要為賢者諱，連蠟鵝事件也完全省略不提。因此，對《文選》從開始編纂到完成，也不著一字。致使後人《文選》的編纂過程，留下了一大堆的疑問。

大體上說，《文選》從 523 東宮置學士開始編纂，由於 525 下半年開始，昭明太子和劉孝綽都有麻煩纏身，中間很可能停頓了一段時間，但在 526 陸倕去逝之後，應該已有一個「大樣」初稿。直到 529 昭明太子病情加劇，是他不得不加緊盡快編成，但他因重病無法親自督陣，只能催促宮中學士加緊編纂。從情理上說，《文選》應該在昭明太子逝世之前，倉促完成。由於《文選》呈現出的諸多疏失，使我們不得不作出如此的擬測。

第二節　主事者自顧不暇

有關《昭明文選》之編纂過程，目前沒有任何
具體可靠的資料。但從相關的資料顯示，在編纂《文
選》的過程中，絕不可能一帆風順。因為在《文選》
中出現了太多的缺點；而且主事者也遭遇到極不尋
常的挫折，似都在說明，在這種情況下，《文選》
出現的諸多缺失，幾乎是難以避免的。

主持《文選》的編選工作，自然是昭明太子蕭
統，但除蕭統外，必然有許多人協助他的編選工作。
其中劉孝綽是最受到大家矚目的。唐代日僧空海在
《文鏡秘府論・南卷・集論》中，即提到：

> 晚代銓文者多矣。至於梁昭明太子蕭統與
> 劉孝綽等，撰集《文選》，自謂畢乎天地，玄
> 諸日月。[13]

已明確提出劉孝綽參與編《文選》。其後宋人

13　（日）弘法大師原撰，王利器校注：《文鏡秘府論校注》（北京：
中國社會科學出版社，1983 年），頁 354。

王應麟，在其所編《玉海》卷五十四中，引《中興
書目》謂《文選》乃「昭明太子蕭統集」下有小字
注云：「與何遜、劉孝綽等選集」[14]。

　　王應麟在《玉海》中也提到劉孝綽等參與《文
選》編選工作。此後，日本學者清水凱夫教授、我
國學者曹道衡、沈玉成、俞紹初、田宇星等，也都
先後撰文，贊同此說[15]。

　　他們大多主張，《昭明文選》之編纂，固然是
由蕭統主其事，但在眾多協助編纂的人當中，自以
劉孝綽最受太子信任，也是蕭統太子之外，實際主
事的一位編纂者。此一說法，幾成定論[16]。所以，昭

---

14 宋・王應麟：《玉海》卷五十四。文淵閣四庫全書本。
15 日學者清水凱夫〈《文選》編輯的周圍〉原載日本《立命館文學》
　　第三七七、三七八期（1976年11月12日）。旋由韓基國譯，收入
　　《六朝文學論文集》（重慶：重慶出版社，1989年）。曹道衡：〈關
　　於《文選》研究的幾個問題〉，見《第六屆文選學國際學術研討會
　　論文集》（北京：學苑出版社，2007年9月）。田宇星：〈《文選》
　　的主要編纂者劉孝綽考論〉，見《第六屆文選學國際學術研討會論
　　文集》（北京：學苑出版社，2007年9月）。俞紹初：〈《文選》成
　　書過程擬測〉，見《文選學新論》（鄭州：中州古籍出版社，1997
　　年）等。
16 如清水凱夫〈《文選》的編輯周圍〉、〈《文選》撰者考〉，曹道衡、
　　沈玉成〈有關《文選》編纂中的幾個問題的擬測〉、〈關於蕭統和
　　《文選》的幾個問題〉，俞紹初〈《文選》成書過程擬測〉及田宇
　　星〈《文選》的主要編纂者劉孝綽考論〉等文，都一致主張劉孝綽
　　為《文選》之極重要的編纂者之一。

明太子蕭統和劉孝綽都是編纂《文選》的主要主事者。可是，在《文選》編纂期間，這二位重要的主事者都遭遇到生命中最嚴重的挫折（說詳下文）。所謂《文選》編纂期間，一般學者大多認為約成於普通七年（526）之後。蓋《文選》不錄存者，而書中所收最晚之作家為陸倕，陸倕正卒於普通七年。但這麼龐大的一部書，短時間內不可能編成，所以，大部分學者都認為應始於 522 至 529，編《文選》的主事者在 526 以後已自顧不暇，不可能再主理編選事務了。

因為主事的昭明太子於普通七年（526）十一月底丁母憂。所以，從普通七年底到普通八年底（527）是不可能主持《文選》之編纂工作的。在理論上，這時還有劉孝綽坐鎮，而且劉孝綽也在此時被任命為太子僕，對《文選》的編纂工作應該相當正面，但和劉孝綽同在東宮學士之列的到洽，因平日多受孝綽之嗤鄙，及任御使中丞，即對平日殊為傲慢狷介的劉孝綽逕行彈劾。《梁書‧劉孝綽傳》云：

> 孝綽少有盛名，而仗氣負才，多所陵忽，有不合意，極言詆嗤……初孝綽與到洽友善，同遊東宮，孝綽自以才優於洽，每於宴坐，嗤鄙其文，洽銜之。及孝綽為廷尉卿，攜妾入官

府，其母猶停私宅。洽尋為御史中丞，遣令吏案其事，遂劾奏之。云「攜少妹於華省，棄老母於下宅」。高祖為隱其惡，改妹為妹。坐免官。[17]

梁武帝一直非常賞識劉孝綽的才華，孝綽被彈劾，武帝也只令他「坐免官」，不僅未加深究，而且在次年初（大通元年 527）起為湘東王諮議。赴荊州履新。這個事件對《文選》的編纂，影響至鉅。一則太子丁母憂，不克主事；而左右手之劉孝綽，此時幾乎入獄，幸好梁武帝伸了援手。但從此被調去荊州為湘東王諮議，遠離京城，所以，《文選》之編纂幾至群龍無首。加以到洽與劉孝綽本同遊東宮，二人自天監十五年（516）梁武帝為太子置十學士時，同時入侍東宮。[18]至此二人完全反目，《文選》之編纂工作，豈能不受到影響？

再則，昭明太子喪母之後不久，就發生了「蠟鵝事件」。這個事件招致梁武帝的猜忌，使昭明太子因而失寵，甚至從權力核心中被摒除出局。司馬光在《資治通鑑》中說，昭明太子「一染嫌疑之迹，

17 見《梁書・劉孝綽傳》。另《南史・到洽傳》也有類似的記載。
18 事見《南史・王錫傳》。

身以憂死，罪及後昆」[19]。所以，昭明太子從喪母（526年底）開始，到蠟鵝事件暴光（約528或529之際）前，是在丁憂期間，自然無心亦無暇編《文選》；而「蠟鵝事件」暴光之後，就更無心過問《文選》了。且事件暴光後兩年，昭明太子就過世了[20]。昭明太子無心過問《文選》的編纂工作，已經十分明顯；而很不幸的，《文選》的另一主事者劉孝綽，也在中大通元年（529）喪母。按古制，父尚在則當為母服喪一年；如父已故，則需為嫡母服三年之喪。此時，劉孝綽之父劉繪早已去世。所以，劉孝綽必須為母服三年之喪。也就是從中大通元年（529）到中大通三年（531）都在服喪。所以，《文選》編纂的最關鍵時間，從526到529，也正是昭明太子和劉孝綽最不可能有心情去編纂的時刻。所以，編《文選》的工作，只能在倉促中草草完成。此一觀點幾乎相當普遍的存在於現今研究《文選》的學者當中。[21]

---

19 事見《資治通鑑》卷一百五十五。

20 事見《南史・昭明太子傳》。

21 讀者諸君如對此一問題有興趣，可參閱：田宇星：〈《文選》的主要編纂者劉孝綽考論〉，中國文選學研究會，河南科技學院中文系編：《中國文選學》（北京：學苑出版社，2007年9月），頁22-34。穆克宏：〈《文選》研究的幾個問題〉，中國文選學研究會，鄭州大學古籍整理研究所編：《文選學新論》（鄭州：中州古籍出版社，1997年），頁1-25。
王曉東：〈《文選》係倉促成書說〉，《文選學新論》，頁78-90。
俞紹初：〈《文選》成書過程擬測〉，《文選學新論》，頁61-77。

　　普通四年（523）東宮新置學士，明山賓、殷鈞、
王錫、張緬等，同入東宮。一時人才頗盛，所以從
普通四年（523）開始編《文選》是非常有可能的。
其後到洽、謝舉、殷芸、王筠紛入東宮，對編纂《文
選》更為有利。但到普通七年（526）以後，東宮諸
學士或辭世、或轉換職務……等原因而離開東宮。
如陸倕卒於 526、到洽卒於 527、殷芸卒於 529、殷
鈞則「體羸多疾，目亂玄黃」[22]、張緬則任太子中庶
子未幾，即遷御史中丞，隨即被貶為黃門郎[23]……
等。東宮人才已日漸凋零。加之普通七年之後，昭
明太子及劉孝綽先後喪母；又因蠟鵝事件令太子免
除了監國及劉孝綽為到洽彈劾而被免官。這麼多事
情都在 526 之後發生，令昭明太子及劉孝綽完全無
心去編纂《文選》了。

何融：〈《文選》編撰時期及編者考略〉，俞紹初、許逸民主編：《中
外學者文選學論集》上冊（中華書局，1998 年），頁 102-117。

曹道衡、沈玉成：〈有關《文選》編纂中幾個問題的擬測〉，《中外
學者文選學論集》上冊，頁 338-353。

（日）清水凱夫，韓基明譯：〈《文選》編輯的周圍〉，《中外學者
文選學論集》下冊，頁 962-977。

（日）岡村　繁，劉玉飛譯：〈《文選》編纂的實際情況與成書初
期所受到的評價〉，《中外學者文選學論集》下冊，頁 1046-1074。

（日）岡村　繁：《《文選》之研究》（上海：上海古籍出版社，2002
年 8 月）。

22　清・謝旻等監修：《江西通志》卷六十二〈殷鈞傳〉。另見唐・姚
　　思廉：《梁書》卷二十七〈殷鈞傳〉。文淵閣四庫全書本。

23　唐・姚思廉：《梁書》卷三十四〈張緬傳〉。文淵閣四庫全書本。

但是，如說《文選》在 526 之前已完成，則令人十分難以置信。一則，如《文選》真的在 526 之前編成，所有參與編選及主持編務的昭明太子及劉孝綽，都有充分時間和精力去參與。在這種情況下，應該不會出現本文第四章所提到的諸多疏失。而且，那時蕭統仍係監國，《梁書》豈有不大書特書的理由？522 由劉孝綽代為編成的《文集》，史書都詳為記載。

如果以昭明太子再加監國的身份，在 526 編成《文選》，史書那有理由不記？反倒是 527，因蠟鵝事件被撤除監國的職位；而且又失去父親梁武帝的信任。一個在病床上垂垂欲死的人，急著想把《文選》在去世前編成，而自己又無力親自主持編務，只靠著留在東宮的少數文士去編纂。一個病入膏肓兼之過氣的政壇人物，對《文選》的編纂工作，已完全失去了主導的能力，更發揮不了監督的責任，在群龍無首的情況下，即使勉強編成，必然錯誤百出。前面第四章提到的諸多問題，正是在這種情況下產生的。

我們檢視昭明太子的一生，當然以 522－526 是最適合編《文選》的時間。但昭明太子並不能預知

526 以後，會發生什麼事，他不可能預知 526 母親會過世；他更不會預知母親過世後，會引發「蠟鵝事件」以至令他得罪了梁武帝，甚至從此退出政治舞台；他更不會預知自己 529 就生了大病，531 就壽終正寢。說不定，他還期望有機會更上層樓，可以供他差遣的人更多，到時編《文選》就更得心應手了。

　　由於昭明太子無法預知未來，在 526 之前，他並沒有急著想將《文選》編出來；但從 526 以後，發生了一連串出乎他預料之外的大事。如果原先已有編《文選》的計劃，這時可能由於眼前現實環境出乎意料的轉變，反倒令他要急著完成這份心願，而加速去編纂。但由於命運的一再捉弄，即使有心趕快編成，怕也力不從心了。所以勉強編成，也顧不得編得好不好。因此出現了許多不應出現的錯誤。我們只能這樣推測，才能符合當時的情況。

第六章 《昭明文選》原貌之估測

　　《昭明文選》是南北朝時期，梁朝太子蕭統所編。這個時候，正是純文學觀念初興未已之際，文筆說、聲律說紛紛出籠。這時的文壇，有如戰國時代諸子百家的局面。所以我們在估測《昭明文選》原貌的同時，必需要對這一時期文壇的時代背景，有一深入的了解。否則，講了半天，可能是徒勞無功的。

第一節　文、筆說之具體呈現

　　兩漢四百年的文壇，始終是「賦」的天下。這當然和在位者「獨專儒術、罷絕百家」有絕對的關係。儒家認定「賦」能發揮諷諫功能，符合儒家的文學觀。所以儒家極力支持。而部分賦家的京都、田獵諸作，也甚能符合帝王的口味。所以「賦」在漢朝，始終不衰。但到了漢末，社會動盪日甚一日。儒家思想，已經受到考驗，老莊日益抬頭。老莊是

強調個人的，所以此時，力主文學要能為政治服務，要能發揮社會教化功用的儒家思想，已被崇尚自然，一以個人為出發的老莊思想所取代。此時的文學，慢慢轉向以抒發個人情志為主；這和以往必需要能為政治服務，必需能發揮社會教化作用的作品，是不同的，和儒家的經典當然更不一樣。

西漢史傳，記載文士生前的作品，都不煩一一列舉，而且賦、詩等文學性的作品，一定列在前面，實用性公文、應用文書，一定列在後面。如《後漢書》卷五十八下〈馮衍傳〉：[1]

> 所著賦、誄、銘、說、問交、德誥、慎情、書記說、自序、官錄說、策五十篇。

又《後漢書》卷九十五〈皇甫規傳〉：[2]

> 所著賦、銘、碑、讚、禱文、吊、章表、教令、書、檄、牋記，凡二十七篇。

史傳中，每到終篇都會將這位作家生前寫過的各種作品，一一載錄，最後加上一個總數。

---

1 劉宋・范曄：《後漢書》卷五十八〈馮衍傳〉。文淵閣四庫全書本。
2 劉宋・范曄：《後漢書》卷九十五〈皇甫規傳〉。文淵閣四庫全書本。

可是到魏晉南北朝，情形已有改變，以前史傳所記似較繁瑣，魏晉史傳已大大簡化了。《晉書》卷九十二〈曹毗傳〉：[3]

> ……凡所著文筆十五卷，傳於世。

《晉書》卷六十八〈楊方傳〉云：[4]

> ……著《五經鉤沈》，更撰《吳越春秋》，并雜文筆，皆行於世。

凡學術性的專著，將書名一一列出，但如果只是單篇作品，無論是文學性的或實用性的，一概以文筆二字代替，不再一一列出。「翰」跟「筆」意思相同，所以有時也稱「文翰」。如《魏志·劉放傳》云：[5]

> 劉放文翰，孫資勤慎，並管喉舌，權聞當時。

3　唐·房玄齡等：《晉書》卷九十二〈曹毗傳〉。文淵閣四庫全書本。
4　唐·房玄齡等：《晉書》卷六十八〈楊方傳〉。文淵閣四庫全書本。
5　西晉·陳壽：《三國志·魏志》卷十四〈劉放傳〉。文淵閣四庫全書本。

《吳志‧孫賁傳》卷六引〈孫惠別傳〉云：[6]

惠文翰凡數十首。

這個時期，文體概念開始萌生，但是同一的概念用語往往有別，如《三國志‧劉劭傳》云：[7]

……文學之士嘉其推步詳密，法理之士明其分數精比，意思之士知其沈深篤固，文章之士愛其著論屬辭……

這時所謂「文學」之士，顯然是指研究學術的儒家學者；而所謂「文章」，基本上和《晉書》、《魏志》等所稱的文筆、文翰是一致的。劉劭的《人物志‧流業篇》云：[8]

能屬文著述，是謂文章，司馬遷、班固是也。能傳聖人之業，而不能幹事施政，是謂儒學，毛公、貫公是也。

---

6 西晉‧陳壽：《三國志‧吳志》卷六〈孫賁傳〉。文淵閣四庫全書本。
7 西晉‧陳壽：《三國志‧魏志》卷二十一〈劉劭傳〉。文淵閣四庫全書本。
8 魏‧劉劭：《人物志》（台北：台灣中華書局，1988年），頁7。

《人物志》所謂的「文章」和劉宋・范曄所撰《後漢書》中所謂之「文章」，其實是一致的。《後漢書・李尤傳》云：[9]

少以文章顯。

又《後漢書・崔琦傳》云：[10]

以文章博通稱。

梁蕭子顯《南齊書・文學傳論》[11]對「文章」的認知是：

……文章者，蓋性情之風標，神明之律呂也。蘊思含毫，遊心內運，放言落紙，氣韻天成……

蕭子顯所謂的「文章」，和前面《晉書》、《魏志》及《後漢書》所提到的「文章」，它們所指的

9　劉宋・范曄：《後漢書》卷一百一十〈李尤傳〉。文淵閣四庫全書本。

10　劉宋・范曄：《後漢書》卷一百一十〈崔琦傳〉。文淵閣四庫全書本。

11　梁・蕭子顯：《南齊書・文學傳論》卷五十二。文淵閣四庫全書本。

東西，基本上是相同的。所以此時的「文章」和「文
筆」、「文翰」，應該是互通的概念。

　　但文筆概念卻比「文章」分得更細，正確的說，
「文章」應該是等於「文」加上「筆」，如《南史·
顏延之傳》：[12]

　　　　帝嘗問以延之諸子才能，延之曰：「竣得
　　臣筆，測得臣文。」

　　可見劉宋時代，已有明確的文、筆之分。「文」
是指我們今日所說的文學性作品；而「筆」則是實
用性的應用文字。梁元帝《金樓子·立言篇》云：[13]

　　　　古人之學者有二，今人之學者有四。夫
　　子門徒，轉相師受，通聖人之經者謂之「儒」；
　　屈原、宋玉、枚乘、長卿之徒，止於辭賦則
　　謂之「文」；今之儒，博窮子史，但能識其
　　事，不能通其理者，謂之「學」；至如不便
　　為詩如閻纂，善為章奏如柏松，若此之流，
　　泛謂之「筆」。吟詠風謠，流連哀思者，謂
　　之文……

---

12 唐·李延壽：《南史》卷三十四〈顏延之傳〉。文淵閣四庫全書本。
13 梁·蕭繹：《金樓子》卷四。文淵閣四庫全書本。

　　這時期文、筆的概念是分得很清楚的。之所以會由「文筆」而趨向為「文」和「筆」，這和六朝純文學觀念之興起，及「聲律說」之出現，是有十分密切關係的。

　　阮元的《學海堂集》將其子阮福的〈文筆考〉[14]收入其附錄中。因文字甚長，不便引錄，謹將其重點歸納如下：

一、　晉、宋以傳，有「文筆」、「詩筆」、「辭筆」之稱，詩、辭皆「文」之屬，而記事、詔制、碑版等，皆為「筆」。

二、　有情辭聲韻者。音韻鏗鏘，藻采振發者。辭特其句之近於文，而異乎直言者。有韻者，以上皆為「文」。

三、　直言無文采者。紀事之屬，詔制、碑版之屬，直言者。無韻著作。無文采者。以上皆為「筆」。

　　綜上所引，所謂「文」，指的就是我們今天所

---

14 清・阮元，《學海堂集》，趙所生、薛正興編，《中國歷代書院志》
　　第 13 冊（南京：江蘇教育出版社，1995 年），卷 7。

謂的純文學作品,尤其是詩、賦等押韻的文學作品;而所謂「筆」,應該相當於我們今日所謂之「應用文」,包括一般應酬文書及政府文書。

將「文」、「筆」的觀念談清楚之後,再回頭看看《昭明文選》所收錄的作品。

魏晉以來,由於三曹之推波助瀾,文學日盛,在此基礎上,齊梁更創為聲律說,於是齊梁體、四六文逐漸形成,在整個中國文學發展史上來說,無疑係一個文學的全新時代。就詩而言,它開拓了一個前無古人,而後成就了唐人律詩的輝煌局面;就文而言,在辭賦意義對偶的基礎上,增入了聲音(平仄)的駢儷,從五、七言的奇式句,而日趨四、六的偶式句,形成了後人所謂的四六文。這時的文學在短短的百年間(齊四十梁六十),其成就超越了我國歷史上的任何一個朝代。因緣巧合,昭明太子正處於此時,因而先編成《古今詩苑英華》,將古今五言之英華纂為一集;續又將先秦兩漢以來的駢偶及散行的歷代應用文字,與齊梁四、六合併成「筆」。以突顯齊、梁文壇不同於以往的鉅大成就。

《昭明文選》是一本南朝人編選的「文學」總集。當時有關「文學」的概念,和先秦兩漢固然不

同，而且和我們今天的概念也不完全相同。南朝人
將「文學」分為「文」、「筆」兩個部分。和《昭
明文選》同時代的《文心雕龍・總術》云：

> 今之常言，有文有筆，以為無韻者筆也；
> 有韻者文也。[15]

以有韻和無韻來區分「文」、「筆」。但蕭繹
在《金樓子・立言篇》中則云：

> 「筆」，退則非謂成篇，進則不云取義，
> 神其巧惠，筆端而已。至如「文」者，惟須
> 綺縠紛披；宮徵靡曼；唇吻遒會；情靈搖蕩。
> [16]

則是從作品內在特徵來區分「文」、「筆」。
他是從「綺縠紛披」（作品之美感形態），「宮徵
靡曼」（聲律音韻），「唇吻遒會」（語言技巧）
及「情靈搖蕩」（情感態勢）等方面去確認「文」，
而不以「有韻」、「無韻」為區分。所以「善為章
奏」的實用性文字固然是筆；而「不便為詩」的作
品，雖然也押了韻，但卻了無韻味，也只能以「筆」

15 梁・劉勰：《文心雕龍》卷九。文淵閣四庫全書本。
16 梁・蕭繹：《金樓子》卷四。文淵閣四庫全書本。

視之了。

　　《昭明文選》固然選了許多有韻的「賦」、「詩」；同時也選了不少無韻的「章奏」等政府文書及銘、誄、祭文等實用文字。「賦」、「詩」等作，自然都具有「綺縠紛披」、「宮徵靡曼」、「唇吻遒會」、「情靈搖蕩」等條件。這個部分，就是南朝人所謂的文筆的「文」；從「詔」、「冊」到「祭文」，是無韻而具實用性的章奏文書，這不就是南朝人所謂的「筆」嗎？「文」、「筆」觀念出自南朝，最足以代表南朝的「文學」觀。而《昭明文選》正是南朝人編選的「文學」總集。這本文學總集，從卷一到卷十九的「賦」，以及卷十九到卷卅四的「詩」，都是「有韻為文」的「文」；從卷卅五的「七」、「詔」、「冊」……到卷六十的「祭文」，就是「無韻為筆」的「筆」。

　　我們在前面曾估測，《昭明文選》的編者，顯然分成兩組，這種推測，益發可信。《昭明文選》既分「文」、「筆」兩部分，在編纂時，自然是分成兩組，一組負責「文」，一組負責「筆」。但「文」這一組，包括有「賦」和「詩」兩種「文體」，編纂的時候，必然要將「賦」和「詩」這兩種不同的文體，明確的分開。所以，凡是「體」，一定標示

在第二格，凡是「類」，一定標示在第三格，令人一目了然。但是負責「筆」這一組，情形比「文」組單純，因為只有一種文體，所以在第二格的位置，完全不必標示任何文體，只要在第三格將各「類」標示出來就行了。當兩組各自編好之後，將「文」組、「筆」組編纂好的目錄，合併成總目錄時，就成了今天我們看到的李善注本目錄。所以在「詔」、「冊」之前一行，看不到「文」體的標示。其實，很明顯是編纂時的疏忽。之所以會有這麼嚴重的疏忽，當然是缺乏了一個全心投入的負責人。在《文選》編成之前，昭明太子和劉孝綽都遇到一生中最大的挫折，已經完全無心去管《文選》的編務了。在群龍無首的情形下，參與編纂的人得過且過，很難會發現這些疏失。尤其沒有人從頭到尾仔細檢查一遍，這些疏失，恐怕是無可避免的。

從李善注的目錄看來，前面兩種文體，賦和詩都要押韻，而且也符合《金樓子・立言篇》所謂之「吟詠風謠，流連哀思」之標準，自然就是文筆之「文」；而詔、冊、令……等，都是「不便為詩，善為章奏」的「筆」。

從以上的分析，我們可以很明確的說，《文選》的編纂是要彰顯「文」、「筆」的概念。但令人十

分不解的是：昭明太子在《文選‧序》中連「文」、「筆」兩個字都沒提到，也沒提到「文筆」的概念。然而，從《文選》所收的各種作品的先後排序來看，顯然是先「文」後「筆」。只不過，這些編《文選》的人，對「筆」的認識似乎還不十分精確，以至在「筆」裡頭，收入了部份不屬於「筆」的作品。如武帝〈秋風辭〉及陶淵明的〈歸去來兮辭〉等作。這都說明主持編纂《文選》的昭明太子及劉孝綽，已經無心於編務，以致一再地出現了疏失。

第二節　本文之立場

從李善注本和五臣注本，編排體例之比對中，我們很清楚的看到，李善本除了有第一卷、第二卷……之外，在各卷之下，還明確的標示出「賦甲」、「賦乙」……「詩甲」、「詩乙」。乍看之下，「賦甲」、「賦乙」……「詩甲」、「詩乙」是沒有什麼意義的，既已有第一卷、第二卷，何必再畫蛇添足的加上「賦甲」、「賦乙」呢？但翻開第一卷，「賦甲」二字下，有李善的注，注云：[17]

---

17 梁‧蕭統編、唐‧李善注：《文選》（台北：藝文印書館，1971 年），頁 21。

> 賦甲者，舊題甲乙，所以紀卷先後，今卷
> 既改，故甲乙並除。存其首題，以明舊式。

看完李善的注，我們才恍然大悟，原來「賦甲」、「賦乙」……「詩甲」、「詩乙」是蕭統等人編《文選》時的原始設計，賦一共有十卷，即由「賦甲」到「賦癸」；而詩由「詩甲」到「詩庚」，共七卷。詩、賦共十七卷，後面由「騷」到「祭文」共十三卷，這十三卷，後人全視為「文體」看待，也正是本文要討論的重點。所以，李善注的目錄中，凡標示「賦甲」、「賦乙」……「詩甲」、「詩乙」者，表示這是「詩賦體既不一」的「體」，就是本文前面提到「文體」的「體」。

又在卷第三「京都中」三字下，李善注云：[18]

> 京都有三卷，此卷居中，故曰京都中。

很明顯的，這正是蕭統《文選》原本的編排體例之一。賦這一類文體，在《文選》中佔了十卷，但十卷當中，包含了各種題材的賦，這些不同的題材，正是《文選·序》中所謂：「詩賦體既不一，

---

18 同上注，頁 52。

又以類分」的「類」。即在賦這種文體底下，包含了各種題材的作品，而「京都上」、「京都中」、「京都下」、「郊祀」、「耕籍」、「畋獵上」、「畋獵中」、「畋獵下」都是「又以類分」中的「類」，也就是本文前面提到的「文類」。

現在問題很清楚了，蕭統《文選》的原本設計，凡是文體，即以甲、乙、丙、丁作為區分。賦這種文體選了十卷，所以區分為「賦甲」、「賦乙」……「賦癸」；而「詩」這種文體選了七卷，所以區分為「詩甲」、「詩乙」……「詩庚」。而每一文體下，不同內容的作品，有些選得比較多，於是就用上、中、下去做區分，如賦中的「京都上」、「京都中」、「京都下」。所以，凡是區分為上、中、下的，全都是《文選‧序》所謂「又以類分」的「類」，亦即本文所謂的「文類」。

如果我們用前面提到的兩項標準來檢查《文選》，即：

一、 凡是文體的標示，一定是從第二格開始，而且一定用甲、乙、丙、丁作為區分。

二、 凡是文類的標示，一定是從第三格開始，而且

一定用上、中、下、作為區分。

那麼，從李善注本的卷三十二「騷上」、卷三十三「騷下」、卷三十四「七上」、卷三十五「七下」，一直到卷六十「祭文」，它們都出現在每行的第三個字；而且，都以上、中、下、作為區分，所以全部都屬於「文類」，這是無庸置疑的。

「騷」作為詩中的一類是毫無疑問的。原因如下：

一、　如果蕭統等人，當時把「騷」列為「文體」的話，按《文選》原本的體例，應當標示在第二格的位置，可是，卷三十二「騷上」及卷三十三「騷下」，都標示在第三格。第三格是「文類」標示的位置。

二、　如果「騷」是「文體」的話，文體應該是用「甲」、「乙」、「丙」、「丁」來區分，而不是「上」、「下」。可是，卷三十二是「騷上」、卷三十三是「騷下」，其為文類應無可疑。

三、　我們不是一向視屈原為我國第一位有名的詩人嗎？屈原在他的作品中，也一再強調，他寫

的是詩，如：

> 介眇志之所惑兮，竊賦詩之所明（九章
> 悲回風）[19]
> 惜往日之曾信兮，受命詔以昭詩（九章
> 惜往日）[20]
> 翻飛兮翠曾，展詩兮會舞（九歌東君）[21]

這不是充分說明屈原的作品是詩嗎?屈原自己都認為他寫的是詩，那麼，蕭統等人把他的作品視為詩中的一類，其實是十分正確的。

四、 蕭統在《文選‧序》裡頭講得很清楚：

> ……又楚人屈原，含忠履潔，君匪從流，臣進逆耳。深思遠慮，逐放湘南。耿介之意既傷，抑鬱之懷彌想。臨淵有懷沙之志，吟澤有憔悴之容。騷人之文，自茲而作。[22]

從蕭統的這段話來看，所談的完全是「文

---

19 宋‧朱熹:《楚辭集注》卷四（江蘇廣陵古籍出版社，1990 年 3月）。
20 同上注。
21 同注⑲，卷二。
22 梁‧蕭統，唐‧李善注:《文選》（台北：藝文印書館，1971 年），頁 1。

類」的問題，連一句和「文體」有關的話都沒說。顯然，自六朝與至宋人，幾乎都將「騷」視為「文類」，而非文體。

五、朱熹在《楚辭後語‧序》中云：

　　蓋屈子者，窮而呼天，痛而呼父母之詞也。故今所欲取而使繼之者，必其出於幽憂窮蹙、怨慕悽涼之意，乃為得其餘韻；而宏衍鉅麗之觀，懽愉之適之語，宜不得而與焉！[23]

　　顯然朱熹是將「騷」視為「文類」看待的。這和《昭明文選》將《騷》歸入詩體下之「文類」，是完全一致的。

六、《昭明文選》的目錄，本來就將「騷」排列在「詩體」下的「類」。

　　如此一來，《文選》中，詩體下的類應該到「騷」上、「騷」下，原來的二十四類加上「騷」這一類，就應該是二十五類了。「騷」後面就是「七」了。

_____

23　附《楚辭集注》後，頁 286（江蘇廣陵古籍出版社，1990 年 3 月）。

　　《昭明文選》收入「七」的作品，並單獨為一體，古今以來，對此一現象多有不滿。如章學誠在《文史通義》中云[24]：

　　　　賦先於詩，騷別於賦，賦有問答發端，誤為賦序，前人之議《文選》，猶其顯然者也……七林之文，皆設問也。今以枚生發問有七，而遂標為七；則〈九歌〉、〈九章〉、〈九辨〉，亦可標為九乎？〈難蜀父老〉亦設問也，今以篇題為難，而別為難體，則〈客難〉當與同編，而〈解嘲〉當別為嘲體，〈賓戲〉當別為戲體矣。《文選》者，辭章之圭臬，集部之準繩，而淆亂蕪穢，不可殫詰。則古人流別，作者意指，流覽諸集，孰是深窺而有得者乎？

　　章學誠對《文選》之濫交文體諸名，顯然十分不滿。是章學誠提到的幾種文體，頗有問題，他的意見，也頗有代表性，但非本文要談的重點，暫且不表。

24　清・章學誠：《文史通義》（上海：商務印書館，1935年），頁24-25。

雖然除了《文選》之外，昭明太子的老師任昉的《文章緣起》和劉勰《文心雕龍》都有「七」體，但《文選》將「七」排列在「騷」後「詔」、「冊」、「令」等政府公文之間，的確是十分有問題的。

本文第六章第一節論及六朝齊梁間之文學發展背景時，認為《文選》是依當時「文」、「筆」的觀念來編排作品，即賦、詩為文筆之「文」，而「詔」、「冊」、「令」……等為文筆之「筆」。而「七」卻排列在文、筆之間。如果它是「文」，就應該編為賦體下之「類」，如果它是「筆」，則應與「對問」為「鄰」。總而言之將「七」排在「騷」後「詔」前，是絕對沒有道理的。

傅剛的《昭明文選研究》，將全書作品分成三部分討論，即賦論、詩論和文論。傅教授顯然也注意到「七」的問題十分棘手，所以賦論、詩論中沒有談到「七」，而文論也不將「七」列入「詔」、「冊」、「令」等的系列討論，而單獨的，技巧的避開了「七」的問題。

《文選》的序沒有提到「七」，而日本所藏古文獻《二中歷・經史歷》記有一份《文選》白文抄本的目錄，也沒有「七」。那麼，「七」有沒有可

能是後人加入的呢？目前，完全沒有資料和證據去談這個問題。所以本文對「七」，也只能暫不討論。

第三節 三體七十五類說

在提出這個說法之前，我們要先回顧一下以往的舊說。

宋人晁公武於《郡齋讀書志》中，著錄了《文選》解題，謂《昭明文選》：「蓋選漢迄梁諸家所著賦、詩、騷、七、詔、冊、令、教、策秀才文、表、上書、啟、彈事、箋、記、書、移檄、難、對問、議論、序、頌、贊、符命、史、論、連珠、銘、箴、誄、哀辭、碑、志、行狀、弔、祭文，類輯之為三十卷。」[25] 他所列出的數目，總共是三十五類；而王應麟的《玉海》，引《中興書目》〈文選〉條則云：「《文選》昭明太子蕭統集子夏、屈原、宋玉、李斯及漢迄梁文人才士所著賦、詩、騷、七、詔、冊、令、教、表、書、啟、箋、記、檄、難、問、議論、序、頌、贊、銘、誄、碑、志、行狀等為三十卷。李善注析為六十卷。」[26] 所列出的數目

---

25 見宋・晁公武：《郡齋讀書志》卷四下。文淵閣四庫全書本。
26 見宋・王應麟：《玉海》卷五十四。文淵閣四庫全書本。

則為二十五類。從《郡齋讀書志》和《中興書目》的行文來看，前者顯然是根據「五臣本」，後者則是據李善本。但所引都不十分完整。依李善本，應有三十七種作品；但如依五臣本則有三十九種。因李善本漏了兩種。

從宋以來，對這種說法，沒有任何一位學者提出異議。但這種說法會衍生出許多的問題，本文第三章已一一提出。如果認定《文選》所收錄的作品分為三十七或三十九體的話，那麼本文第三章提出的問題，恐怕永遠都是無解的。在這種現實情況下，本文提出了「三體七十五類說」。

在談到這個說法之前，必需要先了解《文選》編排體例的基本框架：在新文學觀念興起之際，在聲律說、文筆說、文體說流行之際，昭明太子在此時編《文選》，他的企圖是十分明確的。一則選文既然從先秦一直選下來，可見編者是要借這種選文方式呈現「文學發展的歷史」。二則為了呈現當代的文學觀和以往大有不同，所以全書的編排體例，是以當時的「文」、「筆」說為基本框架。三則在「文」、「筆」說的基礎上，配合魏晉以來的文體說。四則在前面提到的文筆說、文體說等的基礎上，昭明太子另提出「文類」的概念。

　　所以這是一部以「文學發展史」為徑；以「文」、「筆」、「體」、「類」為緯，而建構成的綜合選本。弄清楚了《文選》的基本架構，再來談「三體七十五類說」。這個說法，並非本人故為異說，而是根據李善注本的目錄和前面提到的《文選》編排的基本框架，兩者的相互配合所顯示的：

文 {

賦（體）——京都、郊祀、耕藉、畋獵、紀行、遊覽、宮殿、江海、物色、鳥獸、志、哀傷、論文、音樂、情共十五類。

詩（體）——補亡、述德、勸勵、獻詩、公讌、祖餞、詠史、百一、遊仙、招隱、反招隱、游覽、詠懷、臨終、哀傷、贈答、行旅、軍戎、郊廟、樂府、挽歌、雜歌、雜詩、雜擬、騷共二十五類。

筆——文（體）——詔、冊、令、教、文、表、上書、啟、彈事、牋、奏記、書、檄、難、對問、設論、辭、序、頌、贊、符命、史論、史述贊、論、連珠、箴、銘、誄、哀、碑文、墓誌、行狀、弔文、祭文共三十五類。

三體是指「賦」、「詩」、「文」。賦中包含了騷體賦（如賈誼〈鵬鳥賦〉、司馬長卿〈長門賦〉）、問答體散文賦（如司馬長卿〈子虛賦〉、〈上林賦〉）及詩體賦（如張平子〈歸田賦〉、楊子雲〈逐貧賦〉）、駢賦（如王仲宣〈登樓賦〉、鮑明遠〈蕪城賦〉）。詩中包含了四言詩（如魏武帝〈短歌行〉、嵇叔夜〈贈秀才入軍〉）、五言詩（如顏延之〈北使洛〉、陶淵明〈詠貧士〉）、七言詩（如魏文帝〈燕歌行〉）等。文則包含了散文（即古文如李斯〈上奏秦始皇書〉、賈誼〈過秦論〉）等及駢文（如班孟堅〈封燕然山銘并序〉），各體之下，不再細分次文體，所以賦體儘管包含了騷體，問答體散文、齊言、駢等賦，但《文選》中只列「賦」，並未再加以區分。其他的「詩」、「文」二體也都如此。

七十五類則是指「賦體」下的十五類，加上「詩體」下的二十五類，再加上「文體」下的三十五類，總共是七十五類。「詔」、「冊」以下是為「文體」下的類，只不過編《文選》的兩組人，編成之後，竟忘了在「詔」之前標示出「文」體，由於這個疏忽，給後人產生了誤會，增加了困擾。如果在「詔」之前補上「文」體之標示，在全書的體例上，就十分完美了。

第四節　拙說勝於舊說

如依拙說，《昭明文選》分三體七十五類，那麼，本文在第三章提出的所有問題都能迎刃而解。但如果堅持三十九體說的話，則本文第四章提到的問題，是永遠無法解決的。

一、首先是體、類問題

《昭明文選》的序，既然明確的說到「次文之體，各以彙聚」；而且各體之下，「又以類分」；「類分之中，各以時代相次」。所以，《文選》的編排體例，很顯然是先分體，體下分類，類下列出相關的作品。

如依三十九體的舊說，「賦」、「詩」二體之下，的確分了若干類，且各類之下則依時代先後列出若干作品，是符合《文選》序的說法的。可是「賦」、「詩」以後的體，就完全看不到類了。這不是很奇怪嗎？同一選本，只有「賦」、「詩」二體是符合序文所提到的體例，而其後的三十幾體，都完全不

符體例。

但如依拙說，則自「詔」至「祭文」全是「文體」下的「類」，這就完全符合《文選》序的說法了。如果《昭明文選》果真分為賦、詩、文三體，而「詔」以下全是「文」體下的「類」，那麼，賦、詩、文三體之下，各具有若干類，這樣一來，全書的體例就完全一致了。

二、各體所收作品數量相對合理

前面第三章提到過，如依舊說分三十九體的話，那麼，這三十九體在全書所佔的篇幅不一，甚至極為懸殊。如「詩體」共收錄了四百三十四首；而「冊體」、「令體」、「奏記體」、「難體」、「連珠體」、「箋體」、「對問體」、「墓誌體」、「行狀體」等都只收錄一首作品。也有收二首、三首者。這和「詩體」的四百三十四首是完全不成比例的。而長篇鉅製的「賦體」，收錄了五十七首，而短小的「令、「冊」等體卻只收錄一首。做為一個負責任的編纂者，應該不會讓這種不合理的現象在《昭明文選》中出現吧？

但是，如果依拙說，全書分三體，「賦」多長

篇，共收五十七首；「詩」則篇幅短小，收四百三十四篇；「文」的篇幅介於賦與詩之間，收錄二百一十七篇，收錄的篇數也是介於詩與詩之間，這是極為合理的安排。

三、各體所佔比例十分合理

如依三十九體之舊說，則「賦」佔全書的百分之三十，而詩則佔全書的百分之二十四，賦、詩、二體合計佔了全書的百分之五十四；而「詔」、「冊」、「令」……「祭文」等三十幾體合起來才佔全書的百分之四十六。而「冊」、「令」等體還佔不到千分之一的篇幅，這種令人難以想像的懸殊比例，絕對不該在一個有水平的選本中出現。我想，無論任何人來編《文選》，都不會允許出現這麼不合理的現象。

但是如依拙說，那麼在《文選》中，「文」的作品佔百分之五十四，「筆」的作品佔百分之四十六，這是絕對合理的安排。如分為「賦」、「詩」、「文」三體，那麼「賦」佔百分之三十，「詩」佔百分之二十四，「文」佔百分之四十六，也都在合理安排範圍。

四、甲、乙、丙、丁和上、中、下之分

在《文選》中，「賦」、「詩」兩體因篇幅較多，所以就分成賦甲、賦乙、賦丙……及詩甲、詩乙、詩丙……在李善的注本中，完全保留了《文選》的原貌，賦、詩均分甲、乙、丙、丁……而在賦甲、賦乙、詩甲、詩乙……之下，又再分「類」，而光是「京都類」就收了九首，佔了全書六卷的篇幅，所以將「京都類」又分為「京都上」、「京都中」、「京都下」……而詩體中」，詩丁下又分「行旅上」、「行旅下」……。《文選》原本的設計，由於「體」的篇幅太大，所以用甲、乙、丙、丁作為區分，而有些「類」的篇幅也太大，就以上、中、下作為區分。「體」分甲、乙、丙，「類」分上、中、下，眉目十分清楚。

可是依舊說分三十九體的話，只有「賦」、「詩」二體是用甲、乙、丙作區分的；但「詔」、「冊」、「令」……「祭文」全都用上、中、下作為區分，這不是一書兩制，自亂陣腳嗎？

但是如依拙說分三體七十五類。那麼「詔」、

「冊」、「令」……「祭文」，全都是「文體」下的「類」，既然是「類」，以上、中、下作區分，正符合《文選》本身的體例，全書的體例是一貫到底的，沒有一書兩制的問題。

　　前面提到這四點，如依舊說分三十九體，則這四點是完全無法自圓的。它像四根又長又尖銳的針，刺到每一位《文選》讀者的眼中。但如依拙說分三體七十五類，這四根尖銳的針就完全拔除了；這四點都完全合理了，沒有任何缺點。

第七章 結 論

唐代以科舉取士以來，《昭明文選》就一直陪伴在讀書人的身邊。由「文選爛，秀才半」這句諺語，就可想見，古代的讀書人，對《文選》是如何重視。要想圖個前程，《文選》是非讀不可的。可見《文選》對讀書人的影響是非常大的。

宋代學者，認定《昭明文選》內所收錄之作品共有三十七種文體。因版本的不同，清末黃季剛提出三十八體之說，近人游志誠教授更提出三十九體說，至今，《昭明文選》共收錄三十九種文體之說，乃成定論。從李善注本的目錄來看，這個說法，其實是非常不合理的。因為《文選・序》說得很清楚「凡次文之體，各以彙聚。詩、賦體既不一，又以類分，類分之中，各以時代相次」。可見《昭明文選》的編排體例是：先將文體（外在形式）相同的作品彙聚在一起；而於文體之下，再分別以不同文類（內容）加以區分；各種文類之下所收的作品，則依作者時代先後排列。所以《昭明文選》的體例

是先分文體，次分文類，而後依文類收錄作品。它很清楚的分為體、類、作品，三個層次。

　　如依舊說分三十九體，則只有賦、詩二體是符合《文選·序》所提到的體例：有體、有類，也有作品。可是自「騷」以下，一直到最後的「祭文」，都只有體而沒有類。如果一個選本，只有三十九分之二是符合體例的；但卻有三十九分之三十七是不符合體例的，那會是一個有水準的選本嗎？

　　歷來流傳的版本，以李善注本最為接近《文選》原貌。從李善注本看，騷、七……祭文全是在「文類」的位置。它們比賦、詩的位置都低了一格；而與賦體下的「京都」、「志」和詩體下的「補亡」、「述德」……在同一個位置上。那怎麼可能是「文體」呢？

　　而且，賦、詩二體，佔了全書二分之一以上的篇幅；其他三十七體合起來，還達不到二分之一的篇幅。完全不符合比例原則。同時，賦選了五十七首，詩選了四百三十四首，而騷以下的文體，冊、令、奏記……等都只收錄了一首：也有只收二首的，如詔、教、移、贊……等，都只收錄了二首。有的文體收錄四百多首，而有些文體只收錄一首或二

首。同一本書，對於不同文體的收錄，何以會有這
麼懸殊的比例？

尤有甚者，賦、詩兩種文體，因收錄作品較多，
所以每以甲、乙、丙、丁以為區分。而賦和詩體下
的類，則以上、中、下作為區分。但騷、七……祭
文等，只見上、中、下之分，未見甲、乙、丙、丁。
如騷、七……等均為文體，當然應該和賦、詩一樣
以甲、乙、丙、丁分。顯而易見《文選》本來就認
定，騷、七……等是「文類」，而不是「文體」。

所以舊說引發出許多無法作合理解釋的現象。

其實六朝是純文學觀念萌生的時代。當時所謂
的文學，包括了「文」和「筆」兩大部分，「文」
相當於我們今天所謂的純文學，「筆」則相當於今
日的應用文。《文選》本是在「文」、「筆」的觀
念下收錄作品。它的基本框架是：先分「文」、「筆」，
次分「文體」，而「文體」之下，又分「文類」，
並依不同「文類」收錄作品。是以《文選》的編排
體例是「文筆」→「文體」→「文類」→「作品」
四個層次。而書中所收的「賦」、「詩」是屬於文
筆之文；「詔」、「冊」、「令」……等屬於文筆
之筆。「文」有「賦」、「詩」二體；「筆」則只

有一種文體，這種文體，包含了散文和駢文，由「詔」、「冊」到「祭文」，不是用駢文寫作，就是用散文寫作；一如賦體的作品包含了騷體賦、問答題體散文賦和詩體賦；而詩體的作品包括了五言詩、四言詩、三言詩和七言詩等。可見「筆」的部分，其實只有一種文體，這種文體的名稱就叫作「文」。所以我們認為，《昭明文選》是分三體七十五類。這三體就是賦體、詩體、文體；而七十五類就是賦體下的十五類加上詩體下的二十五類和文體下的三十五類，合計為七十五類。

本文主張的三體七十五類，遠較傳統主張的三十九體為佳。因為前面提到三十九體說引發了許多不合理的現象，如採三體七十五類說，這些不合理的現象，完全都消失了。

宋人頗有批評《文選》者，而張戒在《歲寒堂詩話》卷上頗為《文選》緩頰。他認為「（文選）所失頗多，所得不少。作詩、賦、四六，此其大法……」顯然他認為《文選》所得不少，尤其是後人作「詩」、「賦」、「四六」，《文選》中的作品是可以效法的。其中所言「詩」、「賦」、「四六」，正是指《文選》所收錄的「三體」。又今人傅剛教授之《昭明文選研究》一書，將《文選》中的作品分為「賦

論」、「詩論」、「文論」三體來討論。足見古今以來，亦不乏「三體」之說者。

　　無論是傳統舊說，還是本文主張之新說，有一個問題始終無法解釋：那就是「七」。

　　這類作品，竟然在「騷」後「詔」前出現。「騷」和它以前的作品都屬於文筆之文；而「詔」和它之後的作品則屬於文筆之筆。「七」在文、筆之間，進也不是，退也不是，十分棘手。但今日本保留之古抄本《文選》，是沒有「七」這一類作品的，「七」似係後人所加，而且加得十分不合邏輯。有關「七」的問題在尚無足夠資料可資論證的情形之下，本文暫時保留不予討論。

參考書目

專　書

1.《文選》（全二冊）　梁‧蕭統選　唐‧李善注　商
　　務印書館　1959

2.《文選》　梁‧蕭統　台北：藝文印書館　1971

3.《景印宋本五臣集注文選》　梁‧蕭統編　唐‧呂
　　延濟等注　台北：國立中央圖書館　1981

4.《六臣注文選》（全三冊）　梁‧蕭統編　唐‧李善
　　注　中華書局　1987

5.《玉海》　宋‧王應麟　台北：商務印書館景印文
　　淵閣四庫全書本　1983

6.《昭明文選通叚文字考》　李鎏　台北：嘉新水泥
　　公司文化基金會　1964

7.《後漢書》　劉宋‧范曄　台北：商務印書館景印
　　文淵閣四庫全書本　1983

8.《南齊書》　梁‧蕭子顯　台北：商務印書館景印
　　文淵閣四庫全書本　1983

9.《三國志》　西晉‧陳壽　台北：商務印書館景印
　　文淵閣四庫全書本　1983

10.《晉書》 唐·房玄齡等 台北：商務印書館景印
    文淵閣四庫全書本 1983

11.《梁書》 唐·姚思廉 台北：商務印書館景印文
    淵閣四庫全書本 1983

12.《南史》 唐·李延壽 台北：商務印書館景印文
    淵閣四庫全書本 1983

13.《江西通志》 清·謝旻等 台北：商務印書館景
    印文淵閣四庫全書本 1983

14.《文史通義》 清·章學誠 上海：商務印書館
    1935

15.《昭明太子集》 梁·蕭統撰 明·楊慎等校 台
    北：新興書局 1959

16.《金樓子》 梁·蕭繹 台北：商務印書館景印文
    淵閣四庫全書本 1983

17.《文心雕龍》 梁·劉勰 台北：商務印書館景印
    文淵閣四庫全書本 1983

18.《人物志》 魏·劉劭 台北：臺灣中華書局 1988

19.《文鏡秘府論校注》 （日）弘法大師撰 王利器
    校注 北京：中國社會科學出版社 1983

20.《東坡全集》 宋·蘇軾 台北：商務印書館景印
    文淵閣四庫全書本 1983

21.《灌園集》 宋·呂南公 台北：商務印書館景印
    文淵閣四庫全書本 1983

22.《荊溪林下偶談》 宋·吳子良 台北：商務印書
    館景印文淵閣四庫全書本 1983

23.《郡齋讀書志》 宋・晁公武 台北：商務印書館 景印文淵閣四庫全書本 1983

24.《楚辭集注》 宋・朱熹 江蘇廣陵古籍出版社 1990

25.《楚辭補注》 宋・洪興祖 北京：中華書局 2000

26.《古文辭類纂》 清・姚鼐 台北：廣文書局 1961

27.《學海堂集》 清・阮元 趙所生、薛正興編 《中國歷代書院志》第13冊 江蘇教育出版社 1995

28.《文章辨體序說》 明・吳訥著 于北山校點 北京：人民文學出版社 1962

29.《六朝麗指》 清・孫德謙 台北：新興書局 1963

30.《文選理學權輿》 清・汪師韓 台北：廣文書局 1966

31.《文選理學權輿補》 清・孫志祖 台北：廣文書局 1966

32.《文選旁證》 清・梁章鉅 台北：廣文書局 1966

33.《文選筆記》 清・許巽行 台北：廣文書局 1966

34.《選學謬言》 清・張雲璈 台北：廣文書局 1966

35.《文選考異》 清・胡克家 台北：藝文印書館 1968

36.《選學糾何》 清・徐攀鳳 台北：藝文印書館 1968

37.《昭明文選考略》 林聰明 台北：文史哲出版社 1974

38.《資治通鑑》　宋·司馬光　台北：洪氏出版社
　　1974

39.《昭明文選論文集》　陳新雄編　台北：木鐸出版
　　社　1976

40.《文選黃氏學》　黃季剛　台北：文史哲出版社
　　1977

41.《文學研究法》　姚永樸　台北：新文豐出版公司
　　1979

42.《六朝文學論文集》　（日）清水凱夫著　韓基國
　　譯　重慶：重慶出版社　1989

43.《昭明文選研究》　林聰明　台北：文史哲出版社
　　1986

44.《文選學》　駱鴻凱　北京：中華書局　1989

45.《文選學新探索》　游志誠　台北：駱駝出版社
　　1989

46.《文選類詁》　丁福保編　台北：中華書局　1990

47.《昭明文選雜述及選講——選學椎輪初集》　屈守
　　元　台北：貫雅　1990

48.《文選學論集》　趙福海等編　長春：時代文藝
　　1992

49.《文選學新論》　中國文選學研究會　鄭州大學股
　　及整理研究所編　鄭州：中州古籍出版社
　　1995

50.《昭明文選學術論考》　游志誠　台北：台灣學生

書局　1996

51.《中外學者文選學論集》上、下　俞紹初、許逸民
主編　北京：中華書局　1998

52.《文選學新論》　游志誠　台北：駱駝出版社
1995

53.《清代文選學珍本叢刊》第一輯　李之亮點校　鄭
州：中州古籍出版社　1998

54.《敦煌本昭明文選研究》　羅國威　哈爾濱：黑龍
江教育出版社　1999

55.《文選版本研究》　傅剛　北京：北京大學出版社
2000

56.《《昭明文選》研究》　傅剛　北京：中國社會科
學出版社　2000

57.《昭明文選與中國傳統文化：第四屆文選學國際學
術研討會論文集》　趙福海、劉琦、吳曉峰
主編　長春：吉林文史出版社　2001

58.《《文選》之研究》　（日）岡村　繁　華東師範
大學東方文化研究中心編譯　《岡村繁全集》
第二卷　上海：上海古籍出版社　2002

59.《文選與文選學：第五屆文選學國際學術研討會論
文集》　中國文選研究會編　北京：學苑出版
社　2003

60.《現代《文選》學史》　王立群　北京：中國社會
科學出版社　2003

61.《文選學纂要》 屈守元 台北：華正書局 2004

62.《《文選》成書研究》 王立群 北京：商務印書館 2005

63.《隋唐文選學研究》 江習波 上海：上海古籍出版社 2005

64.《中國文選學》 中國文選學研究會 河南科技學院中文系編 北京：學苑出版社 2007

65.《文選綜合學》 游志誠 台北：文史哲出版社 2010

66.《宋代文選學研究》 郭寶軍 北京：中國社會科學出版社 2010

單篇論文

1.〈為蕭統的《文選》呼冤〉 楊鴻烈 《京報》副刊 1924.12.21

2.〈蕭梁《文選》及《古文辭類纂》編例之比觀〉 王錫睿 《國學叢刊》3卷1期 1926.8

3.〈《文選》篇題考誤〉 劉盼遂 《國學叢刊》第1卷第4期 1928

4.〈梁昭明太子年譜〉 周貞亮 《武漢大學文哲季刊》第2卷第1期 1931.1

5.〈《文選》問題小論〉 陳君憲 《矛盾月刊》第2卷第4期 1933

6. 〈《文選》類例正失〉　徐英　《安徽大學月刊》第 2 卷第 5 期　1935.3

7. 〈選學源流〉　駱鴻凱　《制言》第 8 卷第 10 期　1936.2

8. 〈《文選》指瑕〉　駱鴻凱　《制言半月刊》第 11 期　1936.3

9. 〈與黃軒祖論文選分類書〉　汪辟疆　《制言半月刊》第 18 期　1936.6

10. 〈文選學考〉〉　許世瑛　《國聞周報》第 14 卷第 10 期　1937.3

11. 〈《文選》與《玉臺新詠》〉　繆鉞　《益世報》文史副刊 9 期　1942.6.25

12. 〈李善注《文選》諸家刊本源流考〉　朱少河　《雅言》第 7 卷　1943

13. 〈《文選》編纂時期及編者考略〉　何融　《國文月刊》第 76 期　1949

14. 〈論《文選》注及其版本〉　祝文儀　《學原》1949.8

15. 〈蕭統的文學思想和《文選》〉　王運熙　《光明日報》　1961.8.27

16. 〈《文選》的選錄標準和它與《文心》的關係〉　郭紹虞　《光明日報》　1961.11.15

17. 〈如何理解《文選》編選的標準〉　殷孟倫　《文史哲》　1963 第一期

18.〈《文選》和昭明太子蕭統〉 章江 《自由青年》
第 42 卷第 6 期 1969.12

19.〈《文選》諸本之研究〉 斯波六郎著 黃錦鋐譯
《文史季刊》第 1 卷第 3 期 1971

20.〈《昭明文選》的選文標準〉 呂興昌 《現代文
學》第 46 期 1972.3

21.〈評《昭明文選》的幾種看法與評價〉 吳藝達
《現代文學》第 46 期 1972.3

22.〈日本藏《文選集注殘卷》綴語〉 潘重規 《中
央日報》 1975.1.12

23.〈蕭統的《文選・序》〉 顧復生 《江蘇文藝》
1978 第 6 期

24.〈「文選集注研究」序〉 邱棨鐊 《華學月刊》
第 86 期 1979.2

25.〈從揚州文選樓談《文選》和《文選》學〉 張旭
光 《揚州大學學報》 1980 第 3 期

26.〈《昭明文選》體式研究〉 李淑華 《台南師專
學報》第 13 期 1980.8

27.〈評蕭統的文體分類思想〉 徐召勛 《安徽大學
學報》 1984 第 5 期

28.〈《文選》編纂的實際狀況與成書初期所受到的評
價〉 （日）岡村 繁著 劉玉飛譯 《日本
中國學會報》第三十八集 1986

29.〈有關《文選》編纂中幾個問題擬測〉 曹道橫、

沈玉成　《《昭明文選》研究論文集》　吉林文史出版社　1988

30.〈蕭統《文選》三題〉　穆克宏　《昭明文選研究論文集》　吉林文史出版社　1988

31.〈《文選》編輯的周圍〉　（日）清水凱夫著　韓基國譯　《六朝文學論文集》　重慶出版社　1989.5

32.〈《文選》撰者考〉　（日）清水凱夫著　韓基國譯　《六朝文學論文集》　重慶出版社　1989.5

33.〈昭明太子十學士和《文選》編輯的關係〉　屈守元　《四川師範大學學報》1991 第 3 期

34.〈試論《昭明文選》的分類〉　王存信　《江蘇教育學院學報》1992 第 2 期

35.〈論《文選》的「難」體〉　游志誠　《魏晉南北朝文學與思想學術研討會論文集第二輯》　文津出版社　1992.11

36.〈與清水凱夫先生論《文選》編者問題〉　顧農　《齊魯學刊》　1993 第一期

37.〈《文選》成書過程擬測〉　俞紹初　《文選學新論》　中州古籍出版社　1997.10

38.〈《文選》係倉促成書說〉　王曉東　《文選學新論》　中州古籍出版社　1997.10

39.〈《文選》研究的幾個問題〉　穆克宏　《文選學新論》　中州古籍出版社　1997.10

40.〈文選「飲馬長城窟行」古辭考辨〉　李立信　香港中文大學《中國文化研究所學報》　2002 新11 期

41.〈《文選》成書考辨〉　王立群　《文學遺產》　2003第 3 期

42.〈《文選》的主要編纂者劉孝綽考論〉　田宇星《中國文選學》頁 22-34　學苑出版社　2007.9

43.〈魏晉文體論與《文選》的文體分類〉　衛紹生《中國文選學》頁 179-188　學院出版社2007.9

44.〈《昭明文選》分三體七十六類說〉　李立信　《文心雕龍與 21 世紀文論研究國際學術研討會論文集》　學苑出版社　2009.8

45.〈蕭統《文選》文體分類及其文體觀考論〉　陳翀詮釋、比較與建構，中國古代文學理論國際學術研討會　2010.5.28-29

46.〈再論《昭明文選》分三體七十六類說〉　李立信香港大學研討會　2011.5

47.〈三論《昭明文選》分三體七十六類說〉　李立信《漢學與東亞文化國際學術研討會論文集》南京大學　2012.10

48.〈四論《昭明文選》分三體七十六類說〉　李立信《漢學與東亞文化國際學術研討會論文集》台灣東海大學　2013.10